收藏傳承文化

藝術體現價值

馮瑋瑜

香江藏富

馮瑋瑜親歷收藏

馮瑋瑜 著

目錄

序言

自小在廣州長大的我，對香港並不陌生，特別是進入收藏領域之後，到香港如同到隔壁串門，每逢香港的藝術展覽、拍賣會，我常常前去觀賞、參與，流連忘返。

香港是東方之珠，古今中外、東西風情的文化藝術在這裡交織交融，成爲藝術之都。香港的包容性是無可比擬的，各種文化藝術在這裡交會交流。

藝術是一種強大的表達工具，它們有著振奮人心的力量，也能帶給人超越夢境的無盡想像。因爲有了藝術、有了收藏，我們才可以感受到除了柴米油鹽外，生活還可以過得更加愜意舒坦。藝術和收藏，正好滿足了我們內心深處的精神需求，我們的生活才會更加精彩。

爲什麼收藏藝術品？因爲只有藝術，才能讓你遇到更美好、更超然的自己。而且，收藏藝術品，還是一種投資方式。

欣賞藝術品的樂趣，在於解讀藝術品的故事及含意，在靈光一閃的刹那，仿佛跨越時空與古代藝術產生了深深的共鳴。而收藏的樂趣，不僅是器物本身，它後面的故事，它的豐富內涵，同樣引人探究。

對於藝術品的喜好，對於收藏的熱忱，使我每年都會參加香港的藝術品拍賣活動。期間親自接觸、親眼所見、親耳聽過、親身經歷過的故事不知凡幾，我只是把自己所經歷的故事點滴，匯成卷帙，與大家分享。

本書擷取記錄我在香港拍賣會上所經歷的 10 個故事，既是一個親歷者的見證，也是古陶瓷知識的分享。在這本書裡，你可以見到一段段悲歡離合的聚散故事，一段段波譎雲詭的豪門秘辛，一個個跌宕起伏的拍場風雲，一個個當代學者與藏家曲水流觴的逸事。

藝術，並非高高在上，高不可攀；收藏，並非遙不可及，它就在我們身邊發生。藝術與收藏，完全可以融入我們的生活當中。他人的故事，你也可以參與其中。

希望本書給你帶來啟迪，為你打開一扇門，帶來一道曙光。

馮瑋瑜

2023 年 4 月

馮瑋瑜

作家、藝術家、收藏家,廣州市當代藝術研究院理事長、暨南大學客座研究員、廣東文藝職業學院客座教授、著名收藏團體「佳趣雅集」首任會長。曾被內地多家機構邀請舉辦個人藏品展覽,如廣東省博物館「自得堂藏陶」、中國嘉德「皇家氣象——明清御窰黃釉器特展」、景德鎮中國陶瓷博物館「黃承天德——明清御窰黃釉瓷器珍品展」、廣東省博物館「五色祥雲——自得堂藏宋元明清單色釉瓷器特展」和香港會議展覽中心「御案存珍——竹月堂、明成館、自得堂藏清初三代御窰單色釉文房瓷器展覽」等,皆在收藏界引起轟動。

著作出版有《時間的玫瑰》、《藏富密碼》、《你所不知道的中國收藏》、《五色祥雲——自得堂藏宋元明清單色釉瓷器》、《自得堂藏陶》、《原作掇英》等書籍;主編有《2018 石灣杯青年陶塑(器皿)大賽》、《2017 石灣杯青年陶塑大賽》、《黃承天德——明清御窰黃釉瓷器出土與傳世對比珍品展》、《御案存珍——竹月堂、明成館、自得堂藏清初三代御窰單色釉文房瓷器展覽》。

近年致力於陶瓷藝術的創作和研究,燒製出一系列藝術品,以傳統手法,成功復燒御窰,創作出「瑜窰」系列藝術品;又獨闢蹊徑,以當代思維和藝術手法,創作出「星垂大漠」、「現代紀」、「金菠蘿」當代陶瓷系列藝術品。

第一章

江湖又見天民樓

一對經仇焱之、天民樓
遞藏的清雍正黃釉小盤入藏記

天民樓是收藏界的一個傳奇，所謂傳奇，是指不尋常的故事。天民樓的主人葛士翹、葛師科父子兩代 60 多年孜孜以求收藏中國古代瓷器，以精美和成系列著稱，成爲中國古陶瓷收藏界的一座高峰，特別是「只藏不賣」的收藏方式，讓人仰之彌高。

哪知在 2019 年的春天，仿佛晴天霹靂──天民樓藏瓷竟也在拍賣場上出現了。唉！兩代人的心血，60 多年的庋藏漸次散佚，每當念起，總讓我掩面──天民樓一直是我的榜樣。聚、散、聚，眞讓人感慨萬千啊！

我彷徨了大半年，一直不敢去拜訪天民樓主人葛斯科先生，我怕打擾他，更怕見到「執手相看淚眼，竟無語凝噎」的場景──也許是我多慮了，我向多個朋友瞭解葛先生的近況，他們都說葛先生心態挺好，看不出受什麼影響。唉，男兒有淚不輕彈，傷心都在背人處。曾經滄海一聲笑，如今豪情還剩一襟晚照。

馮瑋瑜在香港蘇富比「天民樓——歷代華瓷萃集」預展現場

2019年3月23日晚上，天民樓藏瓷首次在拍賣場上出現，那是中國嘉德四季第53期「天民樓藏瓷」專場，115件明清瓷器成交5472萬人民幣，轟動一時。緊接著再見於2019年4月3日香港蘇富比「天民樓藏御瓷選萃」，18件明代御瓷成交1.93億港元。兩個場均是100%成交率，合計成交金額為2.56億港元。經過這兩場拍賣後，我想天民樓藏瓷見之於拍場會暫告一段落了。哪知，在2019年5月30日，香港蘇富比又推出了一場「天民樓——歷代華瓷萃集」拍賣。

蘇富比為這個專場撰文介紹說：

「葛士翹（1911–1992年），天民樓第一代主人，曾擔任著名收藏家協會敏求精舍的主席。葛先生眼光獨到，明鑑善藏，並且樂於分享雅蓄，開放學者、學生與其他藏家親身鑑賞，眼觀、手觸、修習、研討。《天民樓藏瓷》一套兩冊，以

天民樓舊藏清雍正黃釉小盤一對（《大清雍正年製》款）

中英雙語闡述所藏雅瓷，葛先生慷慨解囊，出版時以廉價發行，惠澤廣眾。

本場所呈獻的拍品包羅歷代多朝的瓷器珍品，但絕大多數從未出版，展現藏家廣博多元的品味喜好之餘，對天民樓熟悉者，見此場所呈，必有意外驚喜之感。

自 1950 年代始，葛士翹集寶存菁，搜藏中國雅瓷，建立天民樓珍藏，多年來為芸芸學子提供彌足珍貴的學習機會，培育後輩，未遺餘力。此專場所呈，既展示中國瓷器發展歷程，且饗同好，為藏家提供搜珍良機。」

江湖又見天民樓！熱點依舊聚焦在天民樓！

天民樓盛名加持之下，蘇富比拍賣這場天民樓——歷代華瓷萃集又成功喜獲「白

馮瑋瑜在蘇富比預展現場欣賞雍正黃釉對盤

手套」！所謂「白手套」，是指當一場拍賣專場達到 100% 的成交率，拍賣公司將贈送給拍賣師一副潔白的手套，以示尊敬和謝意，代表著對拍賣師高度的認可。同時也泛指拍賣機構的專場拍賣全部成交，意味著拍賣機構獲得良好業績。白手套是拍賣師的一種榮譽。

拍賣結束的當晚，蘇富比當即發出新聞：「今日於香港蘇富比舉行的兩場拍賣『天民樓——歷代華瓷萃集』及『中國藝術品』獲藏家踴躍支援，拍賣現場座無虛席。當中領銜天民樓專場的一對清雍正黃釉小盤，以 1,937,500 港元成交，為估價 13 倍。」

香江藏富

香港蘇富比新聞裡說的成交亮點就是以估價13倍成交、金額為194萬港元的一對清雍正黃釉小盤，而舉牌奪得該對黃釉小盤的人正是我。

無可奈何花落去，似曾相識燕歸來。記得當時在高價競得該對盤後，拍場掌聲一片，大家都為我喝彩，認識我的朋友有豎起大拇指向我誇讚，也有走過來向我擊掌祝賀。但我並沒有喜形於色，反倒是搖頭苦笑著說：「價格也太高了。」

這對黃釉盤，我雖然是志在必得，可也沒想到會高出底價13倍之多！過後那幾天，我仍心有戚戚，沒有了以往拿下拍品後的舒心暢意。194萬，太貴了——憑誰的錢都不是風吹來的，怎不心疼！

「不能這樣認為，這對小盤有兩個著名的收藏家遞存記錄，你想想，這對盤既是仇焱之舊藏，又有天民樓的記錄，同一件器物得兩大名家遞藏，這麼好的來源，雖然價格不算低，可哪裡還找得到？所以這對盤還是值得買的。如果將來再賣出去，價格還會更高。」著名中國古陶瓷鑒賞家黃少棠先生是這樣幫我分析的。「我覺得買得挺不錯的！」時任中國嘉德四季拍賣瓷器部總經理劉暘先生也是這樣對我說的：「市場上哪找得到那麼好傳承紀錄的，光是仇焱之和天民樓連續遞藏就值了。」

他們說得都對，但是他們不知道，其實我手上還有另一對從蘇富比出來的雍正黃釉小盤，來源剛好也是仇焱之舊藏。天民樓這一對黃釉小盤，成交價接近200萬的高價，確實心疼。

仇焱之的聲名如雷貫耳，在中國古代瓷器收藏界無人不知。他是一代瓷器收藏大

仇焱之在抗希齋

家，13歲在上海晉古齋古玩店當學徒，師從店主朱鶴亭。後來遇到他的人生導師——丹麥人雅戈布 · 梅爾吉奧爾，受其資助成立「抗希齋」，自立門戶經營古董店。1945年由盧吳公司在滬負責人吳啟周介紹，結識英國古董商厄寶德，爲其在滬辦理古玩出口託運業務。1946年以200萬法幣獨資開設「仇焱記」（又名「仇焱之文玩會」），1948年結束在滬經營活動，南下香港經營古董，1960年代中期移居瑞士，繼續經營中國古代陶瓷。

仇焱之將古董收藏作爲人生的信仰，其超卓的眼力、流利的英語、過人的魄力，爲其在中西方經營中國古董提供了得天獨厚的條件，最終成就了他獨一無二的輝煌人生和在國際收藏界舉足輕重的地位。仇焱之經營古董之魄力，可以從他爲得

到一件「建文」年款的瓷器所付出的代價上窺見一斑。

「建文」爲明代朱元璋之孫朱允炆的年號，建文帝在位僅 4 年，即被其叔朱棣（明成祖永樂帝）發動「靖難之役」武裝奪位。那件建文瓷筆架底部銘文爲：「建文四年三月日橫峰造，吳氏均茂志」。由於建文帝在位日短，所燒製的瓷器有限，有年款的瓷器則更屬鳳毛麟角。更加上永樂皇帝在搶奪帝位後瘋狂地銷毀一切留有「建文」痕跡的物件，包括年號、朝廷檔案、宮廷用器，要徹底清除建文一朝在歷史上曾存在過的所有痕跡，以達到自己才是洪武皇帝合法繼承人的目的，洗脫篡位罪名。至民國年間，收藏界公認爲眞品的建文年款瓷器，只剩有此件瓷筆架。這件筆架輾轉流傳，當時被收藏家譚敬收藏。

除了建文年號，仇焱之將明代所有年號的瓷器都收齊了，不過，缺了建文年款的瓷器，他的明代瓷器系列收藏中間就缺了一個年代，也就不完整了，這是他的憾事。所以得不到這件建文年款的瓷筆架，就成了他的一個心病。越是得不到的東西越覺得珍貴，仇焱之爲了了卻心願，竟然以一套包含各朝款識的明代瓷器（當然沒有建文的），換得這個建文年款瓷筆架！手筆之大，讓人咋舌。

1950 年代，仇焱之在香港曾經用 1,000 元港幣，買下了一隻別人以爲是假貨的明成化鬥彩雞缸杯。2014 年 7 月 19 日，這隻雞缸杯被上海收藏家劉益謙先生以 2.8 億港元的成交價競得。而同樣的成化鬥彩雞缸杯，仇焱之曾經藏有四隻。他藏品之豐富，可見一斑。

仇焱之 1980 年病逝於瑞士，所有庋藏由後代交給蘇富比拍賣公司在香港、倫敦拍賣。香港蘇富比創始人、蘇富比亞洲區前主席、著名中國古瓷器鑒賞家朱利安 · 湯普森（Julian Thompson，中文名朱湯生）生前曾說，1980 至 1981 年

中國古瓷器鑒賞名家翟
健民先生和馮瑋瑜在
「御案存珍」展覽現場

的 3 場「太倉仇氏抗希齋曾藏珍品」專場拍賣，是他一生中最重要的專場拍賣，
而其對中國藝術品拍賣市場也可謂影響深遠。「那是一場舉世矚目的拍賣，幾乎
吸引了全球媒體關注。」這幾場拍賣裡有的拍品打破了當時中國瓷器藝術品的世
界紀錄。也是通過這幾場拍賣使得明代官窯的市場價位大幅上揚，並逐漸取代了
自 1950 年代以來宋瓷在市場的主流地位。

仇焱之還筆耕不輟，於 1950 年相繼出版了《抗希齋珍藏明全代景德鎮名瓷影
譜》、《齋珍藏歷代名瓷影譜》，對國外研究中國官窯瓷器的專業人士而言非常
有價值。

中國古瓷器鑒賞名家、香港永寶齋主人翟健民先生告訴我，仇焱之資格老，脾氣
大，他見到的仇焱之，從來沒有態度親和的。當年翟健民還是學徒時，有一次跟
隨師傅黃應豪送一對雍正胭脂水釉馬蹄杯給仇焱之看貨求售，仇焱之多金有錢，

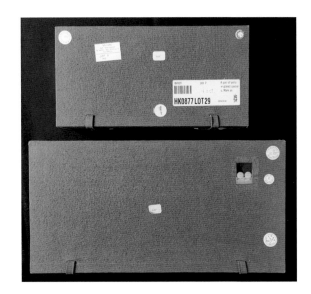

1981 年 5 月 19 日香港蘇富比「仇焱之舊藏專場」編號 509 和 510 拍品

而他們正需用錢，就以兩萬元低價求售，沒想到仇焱之竟還價 5,000 元，真太狠了——那可是非常難得一見的雍正胭脂水釉馬蹄杯啊！他們稍一議價，就被仇焱之厲聲喝斥：「你賣不賣？不賣滾出去！以後別來了！」他眼光好，現金多，不跟他做生意找誰去？不接受他的還價就連以後的生意都沒得再跟他做，他是前輩的前輩，輩份高幾級，沒辦法，雖然他壓價很低，但翟健民兩人此刻需要現金，也只能向他低頭。

翟健民還親眼看到仇焱之一言不合就跳起來一巴掌打到香港蘇富比亞洲區主席朱湯生身上，本來是想打他臉上的，因為朱湯生是英國人，個子高大，而仇焱之個子不夠朱湯生高，所以邊罵朱湯生：「你懂什麼！」邊跳起來打朱湯生。「朱湯生」這樣一個常人耳中陌生的中文名字，在收藏界卻是一個如雷貫耳的人物，須知道朱湯生以他的專業性贏得了當時收藏家群體的信賴，在中國古董收藏界是大神一樣的人物，可在仇焱之眼裡如同毛孩子一樣，照樣一言不合就打他，哪管你

是洋人不洋人、大神不大神的！仇焱之厲害不厲害？

仇焱之在收藏界的地位備受世人仰慕，他的藏品在世人心中留下了高品位、高格調、高境界的形象。

當這對黃釉小盤提貨回來後，我驚訝地發現仇焱之舊藏這對小盤曾在 1981 年 5 月 19 日在香港蘇富比「仇焱之舊藏專場」專場上拍過，編號爲 509，也就是朱湯生所說他一生中最重要的、舉世矚目、影響深遠的那幾場專拍之一。而我原藏那對雍正黃釉盤也是在同一個專場上拍的，編號是 510，它們的編號竟是相連的。

編號連在一起，即當年它們在仇焱之舊藏專場之後散失分開，多年以後，離離合合，兜兜轉轉，今日又在自得堂相聚。《紅樓夢》詩云：「一個是閬苑仙葩，一個是美玉無瑕。若說沒奇緣，今生偏又遇著他？」——是有緣，更是天意啊！

仇焱之藏品的包裝盒獨特精緻，橘紅色的布面，錦緞襯裡，盒裡根據不同的器物壓製出對應的襯墊，器物放進去大小剛好合適，起到非常好的保護作用，幾十年過去了，包裝盒歷久依然結實。行內資深人士往往還沒看器物，一看包裝盒，就知道是仇焱之舊藏了。（我諮詢過許多藏家、拍賣行，想找匠人按仇焱之包裝盒的式樣爲我的藏品重做包裝盒，可無論北京、上海、廣州、香港都找不到能做這種包裝盒的手藝人了，在不知不覺間，隨著一些手藝人的離去，某些傳統工藝也慢慢湮沒了。）

負責天民樓藏瓷專場拍賣的時任中國嘉德拍賣四季陶瓷工藝品部總經理劉暘，是

最瞭解天民樓這批拍品的徵集情況的。他告訴我，蘇富比這批拍品與嘉德是同時在天民樓徵集的，當時分了兩堆，一堆你的，一堆我的，蘇富比和嘉德同時在場互相盯著，貨品基本扯平，才各自歡喜而去。他記得清清楚楚，當時蘇富比那批拍品裡絕對沒有這對雍正黃釉小盤在內，可能是蘇富比上拍前為了加強專場的號召力，又去找葛先生多拿了這件拍品，這是專門增加的重量拍品，特意為蘇富比這場拍賣來加分的。當然，這對盤也確實夠分量。

劉總還非常疑惑地問：「拍賣時你在現場嗎？」「我在現場呀，我自己舉牌的。」「那是誰跟你爭呀？那麼大膽！」別提了！一提起來就是一肚子氣！跟我爭的是坐在我前面右側四五排的一對五六十歲的男女，從後面只看見他們頭髮花白，身材偏胖，穿著普通，不像是香港本地那些衣冠楚楚的藏家。那對夫婦在本場內也有參與其他拍品的舉牌競價，有沒有競得我沒太留意。但在這對黃釉小盤競價時，競價到了 80 萬之後，就是我跟他們之爭了。

本來到了 100 萬時，看到那男的就準備放棄了，拍賣師要敲槌了，這時那女的就在男的耳邊嘀咕幾句，那男的把持不住又哆哆嗦嗦舉起牌來，接連好幾次都是如此，沒有這女人的唆使，我早就拿到了。那一對「壞人」讓我恨得牙癢癢的！（區分好人和壞人的標準很簡單：凡是不要命地跟我爭拍品的，都是「壞人」！）可惜我坐在後面，看不到他們的樣子，不知道是不是相貌勇武。

如果我不是跟天民樓葛師科先生素有交往，如果我不是敬佩葛先生的人品，如果我不是以天民樓為榜樣，我可能早就放棄了，事出有因，志在必得，那就一往無前，競得方休！

拍賣場上也有因競價至反目成仇的情形，即使是朋友之間。有位著名收藏家告訴

我：多年前一個香港拍賣會上，收藏大家張宗憲舉牌競爭一件拍品，爭得非常激烈，而且競價的雙方都是認識的，只見張宗憲怒氣沖沖走到對方面前，當著對方的面舉牌，自己舉完牌後惡狠狠地盯著對方，意圖威嚇對方。那人嚇得低著頭，縮成一團，不敢正眼瞧瞧站在自己面前的張宗憲，可是拿著牌子的手依然還在舉，還在競價……

也有人告訴過我，以前國內拍賣時曾發生過這樣的事：雙方競價得十分激烈，氣得其中一方跑到對方跟前，紅著眼睛，齜牙指著對方破口大罵：「舉什麼舉！再舉一下，出門就把你滅了！」嚇得對方屁滾尿流扔下牌子馬上開溜。

拍賣場上這些事情聽過但沒見過，可能現在文明多了。以打架定輸贏是有民族心理沉澱的，中國歷史上也有這樣的故事。

古時候考狀元最後一關是殿試，宋朝殿試三大題目「一賦一詩一論」，由皇帝擇優決定誰是狀元。開寶八年（即公元 975 年），宋太祖趙匡胤親自主持殿試，粗通文墨的宋太祖要在字裡行間決定讀書人的高低，真是有點難，因為經過童生、秀才、舉人、進士的考試之後才到殿試決定狀元，大家的文筆水準不會太差。怎麼辦？趙匡胤就定下一個規矩：「每以先進卷子者賜第一人及第」，即誰第一個交卷，誰便是狀元，因為交卷快至少說明才思敏捷，想來辦事能力也不會太差。趙匡胤這次出了個題目「橋樑渡長江」，大家奮筆疾書，沒想到兩個考生一同起身，一同交卷，把宋太祖、考場監考官和其他學子驚呆了。當時沒有錄影重播，分不出幾秒的差別。現在可以並列第一，那時狀元可不行啊！這兩個考生一個叫做王嗣宗，一個叫做陳識，文才都很好，宋太祖無法分出高下，怎麼辦呢？倚仗著「一根齊眉棍、三十二式長拳」打天下的宋太祖趙匡

馮瑋瑜在香港蘇富比預展鑒賞雍正黃釉小盤

胤，想出了一個辦法，既然文筆不分高下，那就比武定輸贏吧，誰打贏誰就是狀元。

狀元郎不是兵大哥，讀書人講究的是斯文，沒想到讀書人考個狀元還要比試拳腳功夫。具體怎麼比呢？不比十八般武藝兵器，畢竟兩人都是書生，爭的是文狀元，不是武狀元，弄刀耍槍不在行，就比「手搏」，就是兩人徒手打一架，看誰贏，贏了就是狀元。

比武在比武殿舉行，百官齊集，天子坐堂，史無前例的以打架勝負來定狀元之戰開始了。三通鼓響，胸懷錦繡文章、手無縛雞之力的兩個讀書人隆重出場。十年寒窗那麼苦，為的就是金榜題名，此時此刻顧不上斯文掃地，拼了！兩人張牙舞爪，嚎叫著奔向對方，開始了空前絕後的狀元爭霸戰。

兩個孱弱文人你拉我扯，拳打腳踢，打得鼻青臉腫，一時倒也分不出勝負。沒料到兩人文才不分上下，連「武功」也不分伯仲，宋太祖和群臣看得哈哈大笑。正撕拽間，王嗣宗眼疾手快，一把扯掉陳識的頭巾，陳識因為是禿頂，連忙用手護著頭，被王嗣宗趁機連抱帶摔，摁倒在地。不等陳識爬起來再戰，王嗣宗飛奔跑到趙匡胤面前大喊：「臣勝之！」帶兵打仗起家的趙匡胤被眼前兩個書生這等打法笑到肚子痛，當即欽定王嗣宗為狀元郎。兩個讀書人，一個摸著頭巾垂頭喪氣，一個高興得大呼小叫：「我是狀元！」

王嗣宗雖然後來成為宋初名臣，但也留下了一個不那麼好聽的「手搏狀元」（意思是打架才拿到狀元），在宋代偃武修文的風氣下，這並非一個好名聲。

上述故事我不是胡說的，司馬光的《資治通鑑》有記述其事。

香江藏富

蘇富比資深專家沈恩文先生和馮瑋瑜一起鑒賞
雍正黃釉對盤

現在社會越來越文明，雖然內心氣得不得了，但場上仍是君子之爭，收藏本來就是風雅的事，怎會像社會人士江湖爭鬥一樣呢？又不是爭狀元。價高者得，有其合理的一面。

天民樓還專為這對黃釉小盤做了兩個紅木底座，可以把兩隻小盤立起來陳設，這樣一來就把實用器變為陳設器了，效果立即大不一樣，在預展的一眾展品裡，它們是最出彩的，如雙璧屹立，熠熠生輝，奪人心魄，散發著強大的氣場。

「越女新妝出鏡心，自知明豔更沉吟。齊紈未足時人貴，一曲菱歌敵萬金。」

早在看預展時，我在這對小盤前徘徊良久，看了又看，還先後上手三回，端是極為喜愛。蘇富比中國及東南亞區董事、中國瓷器及工藝部資深專家沈恩文見我反

雍正黃釉對盤包裝盒

覆端詳，就過來對我說：「仇焱之的藏品以精美著稱，不是雋品難入他的法眼，再經天民樓的遴選，路份非常好。這對小盤釉色均勻，器形周正，大小一致，不瓢不翹，款識相同，一對流傳，殊爲難得。」

沈先生是蘇富比的資深專家，對瓷器研究甚有心得，我過往在蘇富比看預展時，曾多次向他請教。我的著作《你所不知道的中國收藏》在香港首度發行時，他還專門到來捧場，上臺爲我站臺。他是我的良師益友。

瓷器收藏界有一句老話：「明看成化，清看雍正。」意思是明代瓷器頂尖的是成化瓷器，清代瓷器最好的是雍正瓷器。雍正有著非常超卓的藝術品味，他爲人嚴苛，要求燒造的御窯瓷器體現含蓄雅致的審美情趣，工藝製作十分考究。不論是器形的比例關係，還是線條、畫工，都有很高標準。雍正御瓷以秀麗淡雅著稱，這對小盤，單獨一隻看不覺得有什麼特別，但一對陳設起來看竟是那麼的明豔動人，釉色均勻，形雅胎薄，清朗簡約，盤底的楷書款識筆劃雋秀。

立件是陳設器，是觀賞用的，一般來說，在收藏市場，陳設器比實用器價格要貴

蘇富比亞洲區董事李佳小姐和馮瑋瑜在欣賞雍正黃釉對盤

些。天民樓添加了兩個文氣十足的小木座，把它們變爲一對立件，風韻隨即大變，已非吳下阿蒙。只見如雙璧屹立，絢麗悅目，氣度逼人，從形態、顏色、氣韻上直擊心靈，超越時空，散發著奢華而又尊貴的皇家氣息。

這對雍正黃釉盤，曾參加了 1987 年香港藝術館的天民樓藏瓷展覽，編號爲 140。那場展覽，就是天民樓藏瓷首次面世的大展，震撼了整個收藏界，面壁十年終破壁，一朝修得功夫成。那場展覽也是天民樓揚名立萬高光時刻的開始，就像在武林大會上，倚天不出，誰與爭鋒！當其時這對黃釉小盤已經在跟隨天民樓打天下了。在《天民樓藏瓷》上冊第 140 頁，它赫然在目。

在這對雍正黃釉小盤的包裝盒上還貼上一個重要展覽標籤「天民樓青花瓷特展U.S.A 30 臺北鴻禧（九二）」。1992 年春，天民樓在臺北鴻禧美術館舉辦天民樓青花瓷特展，難道這對雍正黃釉小盤也是展品之一？我專門查閱了鴻禧美術館出版的《天民樓青花瓷特展》一書，書本著錄卻沒有它的圖片。是不是它有參加展覽，但因爲不是青花瓷而沒有收錄呢？日後見到葛師科先生，當會向他求證。

2023 年 3 月 14 日，我到香港淺水灣的天民樓拜訪葛師科先生，特向他瞭解此對盤有沒有參加臺灣的展覽。他一見到包裝盒，指著包裝盒上「雍正雞油黃小盤一對」貼籤激動地說：「這是我父親的字，是我父親親手寫的，這是我家的舊藏。」原來這幾個字，是葛士翹老先生的親筆，彌足珍貴啊！

葛先生想了良久，說記不清這對黃釉盤有沒有去參加臺灣的展覽，還自嘲說自己今年 90 歲了，腦筋有點記不清了。然後他去房間拿出電腦，打開檔案，查看另一標籤上「天民樓 DC6」的資料，然後高興地把電腦遞給我看裡面的資料，並說道：「沒錯，這確是我家的舊物，是 1981 年 5 月 19 日買的，買入價是63,800 元。」

1981 年的 6 萬多元，那時可是大錢啊！1981 年全國的平均工資才一個月 64 元，要不吃不喝幹 8 年多才能買下這對雍正黃釉盤。

據相關統計資料，1981 年我國人均 GDP 是 497 元，而到了 2022 年，我國人均GDP 已達 85,698 元，上漲 172 倍。假如居民財富的增長速度跟 GDP 的增長速度保持一致，這意味著 1981 年的一萬元至少相當於現在的 172 萬以上。不考慮當時港幣強於人民幣，直接換算，這對雍正黃釉盤對應爲現在的 1,000 多萬元以上。

葛師科先生在天民樓藏品上拍前接受媒體採訪時曾坦言：「拿出去的東西（指拍品）都是在三四十年前買的。現在要買到這樣的東西，已經很難了。」

我到香港蘇富比提貨時，香港蘇富比亞洲區董事李佳專門在辦公室等我，她邊拿出來讓我驗貨邊說：「這對黃釉盤勇奪這場天民樓專場的桂冠，確實是好東西來的。」「就是太貴了。」李佳笑笑說：「一件精美的御瓷，其實幾百年流傳下來，能夠保存完好的非常不容易，要是一對就更難了。」我有點好奇地問：「那麼多價值連城的寶貝在你們這裡，那你們又如何保證它們不出狀況呢？」

李佳回答：「在倉庫還好辦，最擔心就是出去巡展。瓷器是易碎品，一不小心咣噹一聲，幾百年上千年的流傳就沒了，罪孽啊！每次巡展我們都做足安全措施。記得多年前有次在日本做巡展，剛好碰上地震，我們沒有撒腿往外跑，而是每人懷抱著一件最貴重的展品，躲在桌子、凳子下，顧不得房屋倒塌的危險，真是寧可自賠上自己的命，都要保護好拍品。」

是的，花有重開日，人無再少時，一件幾百年前的御用瓷器，完好無損地傳承至今天，得到多少代人嘔心瀝血的呵護。這對雍正黃釉小盤有幸得仇焱之、天民樓兩大藏家的精心照料傳承，才能完好如初。這件藏品有兩位大收藏家遞藏，有重要展覽展出，有權威出版著錄，是多麼難能可貴。200萬花掉了可以重新賺回來，而與這對雍正黃釉小盤一旦錯過，可能就如參星和商星起落，再難相見。想到這裡，我的心結已解，世間萬物的相聚，一切隨緣。

今日這對雍正黃釉小盤入藏於我，也就意味著與天民樓揮手作別。命運弄人，箇中滋味，如人飲水，冷暖自知，誰的新歡不是別人的舊愛，看開了就雲淡風輕。想想那些古董，在屬於我們之前，不知被多少人擁有過，經歷了多少戰爭和天災

人禍。我們之所以能得到它，是因為有人失去了它。世間的事，不是聚就是散，有散才會有聚。

共同理念的碰撞，也帶來器物的相聚。這對雍正黃釉小盤終歸於我，前兩任藏家聲名赫赫，唯望我的自得堂也不辱沒於它，長明如初。薪火相傳，自有後來人。

藏品名稱：黃釉小盤一對
年代：清代雍正
款識：六字楷書款「大清雍正年製」
尺寸：口徑 10.9 厘米
來源：1. 仇焱之舊藏
　　　　（1981 年 5 月 19 日香港蘇富比「仇焱之舊藏專場」專場　編號：509）
　　　　2. 天民樓舊藏
　　　　（2019 年 5 月 30 日香港蘇富比「天民樓──歷代華瓷萃集」專場　編號：29）
展覽：1987 年香港藝術館「天民樓藏瓷」
著錄：《天民樓藏瓷》上冊第 140 頁　編號：140

第二章

千年唐物舊時容

一隻莊貴侖舊藏唐代
白釉雙龍耳尊入藏記

———————
馮瑋瑜在觀賞 2022 年香港蘇富比「何東——
何鴻卿爵士私人珍藏」

2022 年 10 月 8 日晚上，香港蘇富比舉行的「何鴻卿爵士私人珍藏」晚拍上，
一把明末黃花梨圓後背交椅創下全場最高成交價。經過歷時 15 分鐘、超過 60
口叫價的激烈角逐，該黃花梨交椅最終以 1 億 2,460 萬港幣成交，逾高估價 8
倍之多，榮升為拍賣史上成交價第二高的中式古典家具，更刷新坐具的世界拍
賣紀錄。

2022 年 11 月 29 日，佳士得香港「卓木沁香：曾氏收藏中國古典家具」拍賣除
了取得 100% 悉數成交的佳績外，該專場中的一件 17 世紀黃花梨五足圓香几吸
引現場藏家及電話競投藏家激烈競逐，最終以 71,327,500 港元成交，為拍前低
估價的近 12 倍，刷新了香几的世界拍賣紀錄。

近年來，隨著一件件黃花梨家具在藝術品市場高歌猛進，讓人們認識到黃花梨材質之優美和它不僅僅是家具，還是既簡約又符合人體舒適比例的設計之妙。黃花梨家具還是藝術品。

明式家具或者黃花梨家具能夠在社會上備受推崇和追捧，不得不提到一個人，正是由於他的收藏、研究和推廣，明式家具及黃花梨家具才有今天的輝煌。

誰都知道，那個人就是王世襄。

1985 年，王世襄在香港三聯書店出版了彩版的《明式家具珍賞》一書，他將古典家具重新作系統研究並向社會公開之後，在國內外引起很大反響。「過去人們只把家具看做使用品，從未提升到藝術品的高度，通過王世襄的收藏、研究、出版，短短幾年內中國的古家具都被發掘出來，大家紛紛把它作為藝術品保留下來，搶救了不少家具文物。」

《明式家具珍賞》書中也收錄了王世襄自己所藏的大部分明式家具，這批家具被作為中國明式家具的經典範例。王世襄收藏的明式家具主要以黃花梨、紫檀等硬木為主，且都為明清家具中的珍品。這批家具現已全部入藏上海博物館。其中有 79 件是在 1990 年代初整批入藏，另有一件黃花梨小馬扎是在 1990 年代末，由王世襄託人帶到上海捐給上海博物館的，這件小馬扎也被他編進《明清家具集萃》中，當時為什麼沒有一起捐給上海博物館呢，因為這件小馬扎王世襄之前送給一位朋友了，後來物歸原主，王世襄就將這一件小馬扎也捐給上海博物館。王世襄收藏的各式明清家具共 80 件補充入館，使得上海博物館成為當時國內唯一一家有專館陳列古典家具的國家級博物館。

馮瑋瑜在上海博物館

那些看過王世襄《明清家具集萃》而激賞的讀者，終於可以到上海博物館一睹書中珍品，親眼見證明式家具的設計美、材質美。在上海博物館 4 樓，有一間展廳展出了王世襄歷經半個世紀收攏的明清家具。

上海博物館這間展廳以香港世德堂莊貴侖的父親及其叔父命名，叫做「莊志宸、

莊志剛明清家具館」，為什麼不叫「王世襄家具館」呢？不都是王世襄的舊藏嗎？一點沒錯，展廳裡的家具展品確實是王世襄的舊藏，但這批明清家具並不是王世襄捐的，捐贈者另有其人。這背後還隱藏著另一個故事。

原來上海博物館入藏這批王世襄舊藏明清家具，是另有他人出資把一整批從王世襄手中買下來，繼而全部捐給上海博物館，這批家具從未到過捐贈者手裡，上海博物館直接從王世襄家裡運回上海博物館。因為此事是當時經國家文物局特批的。國家文物局規定這批家具一件都不能夠帶出國，必須捐給國家的博物館。所以這些家具沒有到過捐贈人那裡，由上海博物館派人直接到王世襄家裡點收。

有誰願意花一筆大錢買了一大批寶貝，可連見都沒見著，摸都沒摸過，就捐了出去？的確，這樣的人確實很少，正因為如此，才更顯得捐贈者的高風亮節和成人之美。

這位捐贈者並非目不識丁、錢多人傻，他其實在收藏界鼎鼎有名，他是香港的一位著名收藏家。王世襄曾在《明清家具集萃》序一文中有較為詳細的敘述這位捐贈者：「時上海博物館新廈在修建中，機緣巧合，吾友莊貴侖先生在籌畫用捐獻文物、開闢展館之方式報效國家，並藉以紀念其先人志宸、志剛兩先生昔年在滬創辦民族工業之業績。承蒙不棄，枉駕相商。席其志願，契合素旨；更感其為公解囊，不為私有。世襄則但祈可以所得易市巷一廛，垂暮之年，堪以終老，此外實無他求。故不計所藏之值，欣然將 79 件全部割愛。1993 年 2 月，上海博物館飭員來京，點收運滬。」

原來真正的捐贈者是莊貴侖。王世襄和莊貴侖兩位當事人在離世前均沒有透露以多少錢來出資徵集及捐贈，以至外界一直眾說紛紜。外界盛傳的是以 100 萬美元

成交的，100 萬美元當時約 1,000 多萬人民幣，1,000 多萬人民幣在 1990 年代可是天文數字般的大錢啊！

據前上海博物館副館長陳克倫說，捐贈者莊貴侖曾向他透露過：一、購買家具是王世襄先找的他；二、對於王世襄提出的轉讓價格，他表示決無異議。

如此慷慨又樂於共襄善舉的莊貴侖（Quincy Chuang,1926-2021）是浙江寧波人，上海出生，香港知名實業家、收藏家，也是香港著名收藏團體敏求精舍的創會元老會員。他的父親莊志宸、叔父莊志剛是民國時期上海有名的民族工業家，後移居香港。兄弟兩人有一個終生共同愛好，就是做木工。時值上海博物館新館在修建中，莊貴侖想對上海博物館新館有所貢獻，同時也為了紀念父叔兩人。他瞭解到上海博物館缺乏明清家具，就以 100 萬美元的象徵價格，出資把王世襄編入《明式家具珍賞》的 79 件珍藏悉數購買，全部捐給上海博物館，促成「莊志宸、莊志剛明清家具館」成立，一舉多得，成為收藏界美談。

世人大多知道王世襄舊藏的明清家具捐給了上海博物館，而甚少知道真正的捐贈者其實是莊貴侖。「事了拂衣去，深藏身與名。」

莊貴侖不僅個人收藏宏富，還積極支援和關心祖國文博事業的建設，他除了將著名收藏家王世襄所藏 79 件明清家具整體收購並無償捐贈給上海博物館外，還為家鄉寧波博物館籌措陳列品多方奔走，捐獻文物，以及成立了香港「寧波博物館之友」，為該館提供長期的資金援助。

敏求精舍是古董收藏界首屈一指的收藏家組織，他們以《論語・述而篇》「我非生而知之者，好古，敏以求之者也」的經典論述來給收藏社團命名為「敏求精

舍」，以「研究藝事，品鑒文物」作爲敏求精舍的宗旨。敏求精舍於 1960 年由
銀行家胡惠春、利希愼四子利榮森、上海商業銀行創辦人陳光甫在香港創辦，初
期核心成員皆是城中富商，包括利國偉、董浩雲、何添、徐展堂、郭炳湘等等，
後來也邀請各界專才加入，而莊貴侖是胡惠春的妹夫，受胡惠春的影響，也愛
好收藏，他的堂號爲世德堂。莊貴侖也是敏求精舍的創會會員，並於 1975 年至
1977 年連任兩屆香港敏求精舍主席。敏求精舍的會員薈萃了一批既是社會棟樑
之材，又是收藏佼佼者的知名人士，他們的藏品等級高，影響大，敏求精舍在一
定程度上可以說享譽世界。

2022 年，香港的收藏市場風雲一變，多位敏求精舍的會員幾乎同時把自己收藏
多年的藏品推出市場，例如嘉德香港 2022 年秋季 10 年慶典拍賣會同時推出了 3
個敏求精舍會員專場：「大巧若拙——竹月堂藏瓷」、「瓷緣——達文堂藏明清
御窰瓷器」及「軒華六帝——懷海堂藏清代御窰瓷器」，同時期保利香港拍賣、
香港邦瀚斯拍賣也分別推出了敏求會員舊藏品拍賣。

爲什麼一時之間，以往稀見於拍場的敏求會員藏品頻頻出現於拍賣會呢？是這些
大名鼎鼎的老藏家因財政緊絀而要變賣藏品了嗎？絕對不是，以懷海堂鍾棋偉爲
例，他去年捐贈了價值一億多的中國古陶瓷藏品給香港藝術館，還另外捐贈了一
些藏品給剛開館的香港故宮文化博物館。正在不停捐贈藏品的富豪，左看右看都
不缺錢，並且在「軒華六帝——懷海堂藏清代御窰瓷器」拍賣時，我就坐在鍾先
生身邊瞅著他，人家紅光滿臉，笑容煥發，言笑晏晏，妥妥的富豪。

而另一個專場「大巧若拙——竹月堂藏瓷」的竹月堂主人簡永楨，與我更是熟
稔，他和我及香港明成館更在 2022 年 10 月份於香港會議展覽中心舉辦「御案
存珍——竹月堂、明成館、自得堂藏清初三代御窰單色釉文房瓷器」展覽，簡先

生和我在這些時日裡時常聚在一起，他正雄心勃勃籌備 2024 年在法國吉美國立亞洲藝術博物館舉辦單色釉瓷器展，還出資近千萬購買一隻元青花梅瓶捐贈給吉美博物館，哪有資金方面的問題！

我曾向幾家拍賣公司、古董商瞭解是何種原因，為什麼敏求精舍老藏家們不約而同開倉放貨呢？畢竟這種情形以往從沒見過。他們認為，這種現象是由香港一場網路拍賣作為導火索引起的。

那是 2021 年 6 月 11 日佳士得香港「古今網上拍賣——中國藝術」網路拍賣，這場網拍拍出了佳士得香港有史以來網拍的最高成交金額。由於是網拍，拍賣行對拍品可能沒怎麼認真地斷代，大部分都是隨意定為民國之類，有的拍品乾脆不寫年代了，有的還是幾件拍品合成一個低價標的就上拍，但其實是清三代的名

品。拍品估價大多不超過 10 萬，真係咁大隻蛤乸隨街跳？（意思是：天上真的會掉下那麼大的餡餅？）沒想到拍賣時波瀾疊起，多件拍品拍出的成交價不低於大拍的價格，數百萬的成交價不停湧現，令人吃驚不已。即使如此，仍然讓很多行家們大叫「撿了大漏」，而且是一個接一個的「大漏」。

後來市場才傳出，這場網拍的部分拍品是香港某富豪舊藏的一部分，是其某一房後人拿出來的。據說香港在 1960 年代之前，還沿用《大清律例》，男子可娶幾房妻妾，像大家耳熟能詳的霍英東、何鴻燊等等富豪，都有幾房妻妾，這些都是公開的。那位富豪雖然沒有霍英東、何鴻燊等富豪有錢，不過也是城中富豪之一，據說也娶有幾房妻妾，故有幾房後人。在他身後，他的收藏就分別散落在幾房後人手裡。網拍那場的拍品是其中一房後人的。

都是香港有頭有面的富豪，彼此之間的收藏大家多少還是有所瞭解的，如此身份地位，其藏品竟然以網拍出現，讓其他人撿了大漏，這讓那些知根底的無不搖頭歎息：崽賣爺田心不疼。

不到半年，那場網拍出來的拍品又再次出現在國內拍場，價格翻了一倍多，一件東西就被人半年賺去幾百萬，可想而知，那一場網拍，當初被低估賤賣了多少！這活生生的事例極大地刺激了香港那批老藏家：與其留給不喜歡、不懂行、不知價的後代賤賣，不如趁自己健在時處理掉，把錢留給後代，好過把藏品留給後代。

「藏品的最終歸宿」一直是收藏家們不可避免的話題。畢竟藏品都是自己畢其一生的心血，價值也不少，這其中含有藏家收藏的艱辛、研究的喜悅，還有藏友間交往的情誼等。藏家到了晚年，如何處理藏品歸宿便不得不考慮「家人的意見」，

（上）鍾棋偉先生與馮瑋瑜在「軒華六帝——懷海堂藏清代御窯瓷器」拍賣專場裡

（下）竹月堂簡永楨先生（中）、明成館黃少棠先生（右）和馮瑋瑜在「御案存珍」展覽上

莊貴侖先生舊藏：唐代白釉雙龍耳尊

如果後代喜歡藏品，願意傳承，那當然是最好的，但往往很多後人對藏品並不懂或者並不感興趣，更不知道其價值，既然如此，就不必強留給後代了，自己抓緊時間處理吧。

換一個角度看，現在香港那批老藏家，大多是在過去 1970 至 1980 年代開始收藏的，到現在已經四五十年了，年紀漸漸老邁，也到了交班換棒的時候，所以從這一兩年開始，香港老藏家舊藏的釋出浪潮一波接一波，讓我們這些後來者有機會接棒名家舊藏。一個時代的落幕，也是一個新機遇的開始。莊貴侖過身後藏品釋出的故事，雖然與前述那位富豪的故事不盡相同，但其藏品也許是後人不瞭解、不喜歡了，也許是家族後人分遺產，對於這些藏品價值多少、如何

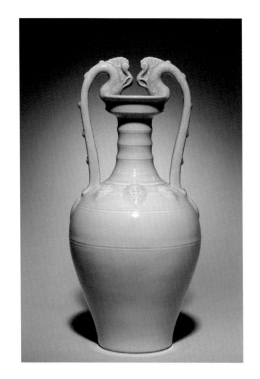

清雍正粉青釉雙龍耳尊

分配，成了家族後人的一個難題，因此不如推出市場拍賣變現，大家分錢就得了，免生爭執。

同樣是佳士得香港的網上拍賣「古今網上拍賣——中國藝術」，截拍於 2022 年 12 月 6 日的這場網拍，出現了一批莊貴侖舊藏，其實，這不並是首次出現莊貴侖舊藏的了，在佳士得香港 2022 年春拍，已有部分他的舊藏流散於市場。

我在這場網拍裡，發現了幾件價格不高又有意義的藏品，其中一件便是一隻唐代白釉雙龍耳尊，它的器形很獨特，明顯有西域文化的風韻。這種雙龍耳尊清代雍正時期曾摹古仿燒，不過，風格始終有別，唐尊造型古樸，腹部較渾圓；雍正尊

則挺拔俊秀，腹部曲線更爲漂亮，肩部貼花雀翎眼紋飾更精緻。

我會對雙龍耳尊這種器物感到興趣，是因爲早在 2017 年 5 月 31 日的佳士得香港春季拍賣會上，當拍賣槌落下時，一陣熱烈的掌聲響起，一隻雍正粉青釉雙龍耳尊以 1.4054 億港元成交，打破了當時的清代單色釉瓷器的世界紀錄。

正當市場爲單色釉瓷器屢創新高的消息雀躍時，沒想到在 4 個月之後，買家卻因「拍而不付」被佳士得香港告上法庭，追討欠款及損失。原來買家只交了 300 萬保證金，餘款及佣金等一直拖著不付。這種被拍賣行告上法庭的例子在香港收藏界甚爲少見，因爲在香港，法律不會慣著你，而是管著你，法律之下該幹什麼就幹什麼，沒人情可講的。

由於鬧上法庭了，消息傳出，這位一擲千金以創清代單色釉紀錄 1.4054 億拍下雍正粉青釉雙龍耳尊的買家，原來是內地的一位地產富豪，曾經號稱「江西首富」的王永紅先生。據說他拍下此尊，只是爲博取美人一笑，那位美人是一位女星。

1972 年出生的王永紅大學畢業後，父親幫他在當地安排了一份穩定的工作，可年輕氣盛的他滿懷理想，立志到外面的世界打拼，便毅然辭去公職，去北京追尋自己的夢想。「理想很豐滿，現實很骨感」，抱著一腔熱血來到北京的王永紅被現實狠狠地打臉。

首都車水馬龍的繁華表象下，北漂青年都面臨生存的重壓，有時候奔波了一整天，不僅心儀的工作沒有找到，連吃飯都要省著錢吃。在這樣的生活壓力下，初初到京的王永紅一度迷茫失意，只能到一家加油站當起了洗車保潔工來維生。

洗車工的生活，並沒有困住一個有志青年的夢想，過人的商業天賦，即便只是一個洗車工的他，也發現了生財之道——把洗車、保養、修車一條龍服務整合在一起。不久，王永紅和哥哥王繼紅合股開了一家將清潔、修理和保養結合在一起的汽車維修公司，果然生意興隆。隨後，他經營加油站，後來又把加油站賣給了中國石油化工股份有限公司。幾番操作，他賺了不少。此後他用積聚的 3,000 萬資金在北京東五環買了 600 畝無人問津的土地，那時是 2000 年，當時北京出了三環外都十分荒涼，何況五環那麼偏僻。就這樣，王永紅以超卓的商業眼光和極平宜的價格買下土地。他並不急著開發，而是囤地，以待時機。

當 2008 年北京舉辦奧運會時，京城大興土木，城市急劇擴張，8 年前囤積的那 600 畝土地已升值多倍，他沒有賣掉，而是自己開發，把該地塊成功開發為北京像素樓盤，據說狂賺了 50 億，遂成江西首富。

一個北漂青年，由洗車保潔工起步，白手起家，一步步做到京城的地產大亨，成為江西首富，既是傳奇，也非常勵志。

正所謂英雄美人，富豪往往要有美人來襯托，特別是白手起家的富豪。王永紅事業成功後，當然身邊不缺美人，這時，比王永紅年輕 15 歲的娛樂圈女星韓熙庭來到王永紅身邊。

韓熙庭受到大眾關注是因為 2011 年張藝謀導演的《金陵十三釵》獲得第 69 屆金球獎最佳外語片的提名，但前去踏上頒獎活動紅地毯的卻不是電影中的男女主角，而是在電影中飾演一個在原著中不存在的、拍電影時才專門為她度身訂做的角色「怡春」的韓熙庭。

王永紅並不滿足於地產行業，他通過借殼 ST 科苑進入股票市場，改名爲「中弘股份」，在深交所上市，然後通過操縱股價謀取更大的利益。2016 年，「私募一哥」徐翔操控股票案發，王永紅牽扯進去了。中弘股份操控內幕曝光，受此影響，中弘股份的股價不斷下跌，已經跌破了一元，根據上市規則，如果股價連續低於一元達一個月者，就可能會被強制退市。屋漏偏逢連夜雨，上市公司被查出早已千瘡百孔，負債超過了 800 億元。說破英雄驚煞人——原來如此。這時，王永紅撒手不管跑路了。中弘股份最終於 2018 年 11 月 8 日被深交所強制除牌終止上市，害得那 20 萬小股民血本無歸，王永紅也被相關機構列爲失信人。

市面傳說王永紅早就部署好套走了 61.5 億，攜韓熙庭跑路到了香港。他們住在香港中環四季酒店這座號稱「望北樓」的五星級酒店，和一些逃港富豪一樣惶惶不安，四處打探消息。憂鬱難耐之時他們去看佳士得香港預展散散心，不料韓熙庭一眼相中了佳士得香港那隻封面拍品雍正粉青釉雙龍耳尊。這雍正雙龍耳尊眞的是好，我在預展上曾親眼見過。不愧是娛樂圈出來的，韓熙庭的審美眼光還是不錯的。商女哪知跑路恨，過江猶要雙龍尊。

王永紅情深義重，舉牌以 1.4054 億買下這隻雙龍耳尊，千金一擲爲紅顏，如此故事本來很容易讓世間的癡男怨女感動，不知爲什麼最終沒有付款而被佳士得告上法庭。消息一出，一片譁然，瘦死的駱駝比馬大，跑路的富豪仍是富豪，曾經的江西首富，怎會如此不堪！他不是套走了 61.5 億來港的嗎？怎麼舉牌後突然就沒錢結賬了呢？故事很浪漫，結局卻很唏噓。

豪門之事，內幕重重，特別是跑路的富豪，外人哪知內裡乾坤。

王永紅躲得了一時，躲不了一世。在 2019 年，他終於被捕，人總要爲自己的所

作所爲付出代價的。兵敗如山倒，2020 年，停工了 3 年，位於北京 CBD 核心區域的中弘大廈被公開拍賣，成交價爲 33 億。隨著中弘大廈產權的易手頂債，也意味著王永紅國內尚存的核心資產徹底崩塌。

王永紅匿藏在海外的資產有沒有被追繳，不得而知；韓小姐後來歸於何處，不得而知；佳士得香港贏了官司後有沒有收到欠款，同樣也不得而知。而那隻雍正雙龍耳尊據說已退回原主、香港的另一位富豪莊紹綏先生。

曾經創造了清代單色釉瓷器世界紀錄的雍正雙龍耳尊，經此一番波折，恐怕近幾年都不會出現在市場了。這一段牽動了金融界、地產界、娛樂界和收藏界的愛恨情仇故事，平添了雍正粉青釉雙龍耳尊身上的傳奇，引得人們對雙龍耳尊這種瓷器倍加關注。

追根溯源，雍正的粉青釉雙龍耳尊的母本就是唐代的雙龍耳尊，是雍正摹仿唐代器物而燒造的。唐朝是中國歷史上最強盛的時代，聲譽遠播海外，唐代以後海外多稱中國人爲「唐人」，至今世界各地最繁華的城市大多有「唐人街」存在。唐朝文化自信，兼容並蓄，與亞歐國家多有往來，是「胡風」盛行的時代。所謂胡風，是指流行於唐朝社會各階層的種種並非漢民族原有的社會風習，其中主要有當時從北方遊牧民族和西域等地傳來的風俗，也有由五胡十六國時期南下的遊牧民族遺留的社會風俗，諸因素共同作用的結果，形成唐朝胡風盛行的局面。唐代受到胡風的影響，接納各個民族文化與宗教，交流融合，成爲了開放的國際文化。

由於中外文化交流頻繁，所以部分唐代陶瓷的器形受西亞及中亞等外來文化影響，當時盛行的雙龍耳尊便是一例。雙龍耳尊的器形具有中亞西部希臘化時期陶罐之遺風，或受羅馬金器及玻璃器皿影響，器形優雅，線條流暢，造型古樸。其

基本特徵是：盤口、細長頸、罐身，腹部較渾圓；兩龍口銜盤沿，龍尾接罐肩，呈雙耳狀立於瓶口兩側，龍頭垂入尊口，似正吸吮其中的瓊漿玉液，龍身曲立，背飾鼓釘。

在瓷器上我們通常看到龍的形象不是刻畫、模印在杯盤碗底，就是盤旋在瓶身，但雙龍耳尊是個例外，它是以立體的形象出現在器物的兩側，格外與眾不同。

雙龍耳尊始出於隋代，盛行於初唐和盛唐時期，主要出土於陝西與河南的東都洛陽一帶，其他地區很少發現，通常成對出現。安史之亂爆發後就銷聲匿跡，迅速消失在歷史中。它的用途、含義以及爲何只盛行了一段時間，至今沒有定論。

根據博物館的展品可知，已發現的唐代雙龍耳尊有白釉、三彩釉、黃釉，其中尤以白釉爲多。唐代雙龍耳尊造型優美，莊重大方，線條圓潤豐滿，是難得的古代藝術珍品。因此，近年來大量的唐代雙龍耳尊贗品充斥文物市場，其中尤以白釉雙龍耳尊爲多。

從已發現的唐代白釉雙龍耳尊資料來看，其規格，高者可達六七十厘米，低者高度則僅有十幾厘米，而以 25 至 45 厘米者爲多。造型大同小異，變化主要集中在頸部和肩部。主要可分爲細長的素面頸和帶有螺旋狀的旋紋頸兩種。肩型也可分爲豐肩式和溜肩式。用作雙耳的雙龍早晚也有變化，早期的龍身較直，帶有隋代遺風。後期的龍身變爲彎曲狀，龍背貼塑 3 至 5 個乳釘，雙龍口銜器沿，雙耳直立，頭頂塑一冠狀物，雙龍角一端捲曲貼於冠狀物兩側。整個龍身是手工捏塑而成，顯得生動威猛。

唐代白釉雙龍耳尊，雖造型優美，線條流暢，但仍處於白釉瓷器發展的初級階段，

———————
莊貴侖先生舊藏：唐代白釉雙龍耳尊

和同時期的其他白釉瓷器一樣，胎、釉方面仍然存在缺陷和不足。雙龍耳尊是唐代貴族使用的高級隨葬品，是墓主人身份的象徵。從目前已發表出土雙龍耳尊的6座唐墓來看，多為貴族墓出土，如唐高祖李淵十五子李鳳、高官張思中（張良後裔）、延州刺史（四品）宋禎等，品級都比較高，非一般人可擁有。這些墓出土的雙龍耳尊一般擺放在棺槨的北部，一個或者兩個。

對於高古（唐代以前的古代器物）類的器物，我一般只買名家舊藏及有來源出處的，無他，避嫌而已。因為國家對出土文物有相關的管理規定，而民間的高古瓷器說不清是建國後出土的還是建國前出土的，所以我從不在民間私下購藏，我只在公開拍賣場合選擇拍品購買入藏，因為國內上拍的拍品，都要經國家相關機構

審查過才能夠上拍，免除了法律風險；而對於在國外拍賣會上拍的拍品，也選擇從名家舊藏裡選購，最起碼有前人收藏過，我只是接棒前人遞藏，而且是公開的、有據可查的。在公開拍賣裡入藏，即使價錢高一些，但可買得安心和放心。這是我喜歡和願意的入藏方式，收藏本是風雅的事，何苦為收藏而讓自己陷於麻煩中呢？所以我的藏品全部是從公開拍賣裡得來的。

唐白釉雙龍耳尊出自莊貴侖舊藏，他於 1987 年之前購入，現由佳士得香港公開上拍。拍賣前我已到佳士得上手過，這是隻高達 43 厘米的大器物，頗為高碩，腹部渾圓，斜肩收腹，光素無紋，長頸，有雙龍起於肩部，騰曲而上，身形遒勁，龍背貼塑 3 枚乳釘，龍頭探進尊口銜住口沿，雙龍成對稱之形，更使此尊顯得氣派十足。瓷胎已燒結，胎體灰白、緊密，白釉直接施於瓷胎上，無化妝土，白釉較薄，顯灰白色，外壁施釉至腰間不及底。

唐代瓷器有「南青北白」之說，可見白釉在唐代已經成熟，觀此白釉雙龍耳尊，便知此說不假。仔細看過器物，除有幾點輕微剝釉外，無磕無缺，沒有修補，品相良好，這對於一件距今 1000 多年且高達 43 厘米的高碩大器來說，已是非常難得的了，可知當初莊貴侖入藏時，必然也是經過挑選，擇優而藏。以莊貴侖名聞香江的收藏家地位，應該是有某些高手幫他掌眼。

因為我主要是收藏明清御窯單色釉瓷器，高古類瓷器只是入藏來做標本、做研究的，所以必然會選擇有代表性的品種，而這隻白釉雙龍耳尊，端莊典雅，器形碩大而具莊嚴感，無論從年份、釉色、器形都是唐代的代表作之一，而且品相完美，又是莊貴侖的舊藏，方方面面都符合我的要求，參照 2019 年 9 月 11 日紐約蘇富比「重要日本私人收藏中國及韓國藝術品」專場裡一隻相似的「唐初白釉雙龍耳瓶」50,000 美元成交價，我心中有數，我又雙叒叕出手了。

香江藏富

就這樣，在這場佳士得香港網拍裡，我把這隻唐代有代表性的白釉雙龍耳尊收歸堂下，豐富了自己的收藏品類。

龍銜神氣，光轉千年，那昂揚奮發的盛唐風韻，那抹千年不褪的白釉，是如此的沉鬱動人。

藏品名稱：白釉雙龍耳尊
年代：唐代
尺寸：高度 43 厘米
來源：莊貴侖舊藏
　　（2022 年 12 月 7 日佳士得香港「古今網上拍賣——中國藝術」　編號：3107）

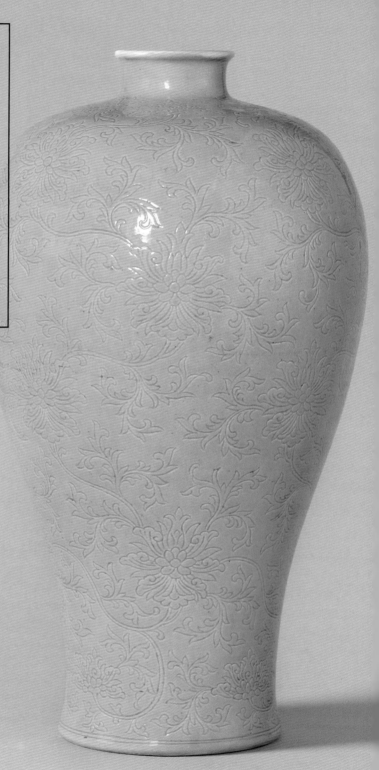

第三章

海外百年覓歸宗

一隻紐約大都會藝術博物館
舊藏清康熙黃釉刻纏枝蓮紋
梅瓶入藏記

故宮博物院古器物部主任呂成龍老師佇立在展櫃前，良久不動，靜靜地凝視著展櫃裡那隻康熙黃釉刻纏枝蓮紋梅瓶，任憑身邊觀眾往來如織。能夠吸引住呂老師眼光的，自然不是尋常器物。呂老師是被景德鎮市政府邀請前來參加「黃承天德——明清御窯黃釉瓷器精珍品展」的開幕式及其相關活動的。在展廳的入口，這隻黃釉梅瓶在獨立展櫃裡，光華流轉，璀璨耀目。

這隻康熙黃釉刻纏枝蓮紋梅瓶，呂老師曾經親自上手鑒定過，而且還專門為它寫了一篇論文，認為這是目前僅見唯一一例，而且連故宮都沒有同樣的。如果有什麼人說「故宮都沒有，只有我自己有一例」這樣的話，人們都認為他是一個「國寶幫」，而此話由在故宮工作一輩子、享受國務院政府特殊津貼、見過無數珍稀瓷器的故宮器物部主任呂成龍白紙黑字的論文寫出來，那分量和可信性就完全不一樣了，必定是言而有據的。

參觀展覽的人們可不知道，這隻康熙黃釉纏枝蓮紋梅瓶曾在美國紐約大都會藝術博物館展出多年，在機緣巧合之下，才被我以高價競得，從美國萬里歸宗的。這要從 2016 年春拍說起，那一年的春拍結束後，收藏界議論得最多的，不是香港蘇富比成交金額高達 5.02 億港元的羅傑・琺金頓（Roger Pilkington，1928－1969）專場，不是佳士得香港 30 周年慶典那隻成交 1.58 億港元的宣德大龍罐，不是北京嘉德那隻清秀的雍正琺瑯彩小杯，而是佳士得香港預展時驚豔亮相的那幾件紐約秋拍展品，那幾件美得讓人陶醉，讓人一見難忘的單色釉拍品。更讓人激動的是：佳士得這些拍品都來自一個讓人高山仰止的出處——美國紐約大都會藝術博物館的藏品。博物館建館 146 年來首度出售館藏中國古瓷器，而且數量達 501 件之多，消息一經傳出，旋即在中國古董收藏圈引起熱烈討論。

紐約大都會藝術博物館是全球頂級的亞洲藝術品收藏機構之一，其亞洲部也已有

近百年歷史，館藏中國文物 1.2 萬件，光是豇豆紅釉瓷器，就比中國內地全部博物館加起來的還要多。在喜歡藝術、喜歡收藏的人們心目中，紐約大都會藝術博物館從來都是高山仰止般的存在，發夢也沒想過會有那麼一天：它的藏品可以拿出來公開拍賣出售！這就讓許多藏家擁有一件海外大博物館舊藏的夢想即將變為現實。香港預展雖然展示了區區幾件，驚鴻一瞥，已驚為天人，「此曲只應天上有，人間能得幾回聞」？記得當年 5 月香港春拍剛剛拍完，收藏圈已傳得沸沸揚揚：「紐約大都會博物館準備在 9 月份開倉放貨了！春拍後大家都不要買東西了，準備子彈去紐約掃貨吧。」

這是紐約大都會藝術博物館百年來首次出售館藏中國古陶瓷器，百年一遇，人生有幾個百年？也就是說這是一輩子一次的機會。想當初，仇焱之專場我沒趕上，趙從衍專場我沒趕上，徐展堂專場我也沒趕上，玫茵堂辦最後一個專場時我才碰上了，當時還不曉得玫茵堂的分量，只買了一件。這次大都會藝術博物館開倉放糧，「打土豪、分田地」，這回我總算有個機會去地主家搶糧了。

6 月份中國古陶瓷鑒賞名家黃少棠先生已叮囑我說：「佳士得紐約紐約的大都會藝術博物館專場拍賣，是一百多年來從未有見過的，你要準備好資金。」7 月份到北京拜訪佳趣雅集執行理事張志大哥，馬上就要到來的這場大都會博物館拍品是繞不開的話題。張大哥建議我要到紐約去參加拍賣，因為機會難得。

幾天之後張志大哥在佳趣雅集微信群發了一條訊息：「有位兄台已看中了大都會博物館那隻豇豆紅釉菊瓣瓶，志在必得，現在先在群裡打個招呼，有哪位有異議不服的，請先跟那位兄台溝通。」訊息一發送，猶如廣發英雄帖，看看誰與爭鋒？不過，臆想憑一條訊息而傳檄告天下只是脫離實際的一廂情願而已。沒有權威的年代誰也管不了誰，想出手就出手，誰出的錢多就歸誰。

香江藏富

（上）故宮博物院器物部主任呂成龍先生在展覽上觀賞康熙黃釉梅瓶
（下）紐約大都會藝術博物館

佳趣雅集執行理事張志先生和馮瑋瑜

8月份中國嘉德國際業務發展總監兼陶瓷部負責人于大明先生來廣州徵集秋拍拍品，也談到了紐約這場拍賣，於是也問我看中了哪幾件？幾天後我到佳士得香港公司，中國瓷器及藝術品部專家唐晞殷小姐問我是否已經訂了紐約酒店，還說聽說秋拍那幾天酒店都訂滿了。

「全國古玩老貨聯盟」以「開倉放糧，機會難得」專題介紹了「美藏於斯——大都會藝術博物館珍藏中國瓷器」；「海外大拍聯盟」也隆重介紹這場拍賣；微信

朋友圈更是連篇累牘介紹這批大都會博物館館藏拍品。

舉目所見，側耳所聞，人人磨拳擦掌，個個磨刀霍霍，華山論劍，只在今朝。人人盡說大都會，個個爭傳中國瓷。

我對於收藏是隨緣的，拍得到固然可喜，拍不到也無妨，收藏就是開心的事，也是水到渠成的事，要看與拍品有沒有緣分。收藏，那是興之所至的事，乘興而來，興盡而歸，拍不拍得到，何足介懷，畢竟參與過，便無遺憾。

春拍結束後這幾個月來，我不停地參加其他拍賣，除了瓷器外，看到喜歡的字畫，我也會興高采列地拍了回來，日子過得滿心喜歡的，管它多夏與春秋。黃少棠先生的叮囑，雖然心底記得，可一旦到了拍場，看到合適的總會出手，我根本就沒儲備著子彈。不是我家金多有礦，只是收藏是會上癮的，金山銀山也滿足不了收藏的慾望，搞收藏的哪個不是過得像修行似的？即使在銀行裡堆滿了白花花的銀子，參加拍賣時也會覺得錢不夠。

我倒很看得開：「欣於所遇，暫得於己，快然自足」。買到與買不到都是機緣，能於千萬人中遇見你所要遇見的人，能於萬千器物中選到自己心儀的器物，能於千萬年中遇到最合適的時刻，入藏到朝思夢想的器物，這一切一切，都只有兩個字——機緣。

休問平生意氣，一切隨緣。

佳士得紐約這場「美藏於斯——大都會藝術博物館珍藏中國瓷器」，拍賣日期是2016年9月15日，可那天正是中國農曆八月十五中秋節啊！中國人最講究人月

團圓，良宵佳節要獨自在異國番邦，即使不淒涼，也要遠離故鄉家人，怎忍心月圓之夜，妝樓顒望，誤幾回天際識歸舟。

真的要去紐約嗎？我是自小就受教於三從四德的廣州西關小姐，猶豫良久，最終還是放棄飛去紐約了，就電話競投吧。

那幾天，「心在天山，身老滄州」。可紐約傳回來的消息並非原來想像的那麼震撼，讓人驚豔不已的，也就只有香港預展出現的那幾件拍品，其他的品質一般。據行家說，出自大都會的這批拍品，來源沒問題，只是這批東西多來自捐贈，就品質與檔次而言，除了個別康熙、雍正瓷器外，大部分不見得十分精彩。業內多數專家也認為：大都會出售的這批館藏瓷器，儘管沒有特別重器，但是傳承的價值和真實性可以保證。

雖然這批來自於大都會藝術博物館的拍品都是一個世紀前捐贈的，但看看拍賣圖錄上捐贈者的名單，有石油大亨的唯一繼承人小約翰・洛克菲勒（John Davison Rockefeller, Jr），有知名古董商撒母耳・艾凡禮（Samuel Avery），有受良好藝術教育的紐約州長之女瑪麗・湯普森（Mary Thompson），還有美國歷史上最有影響力、最具權勢的財閥巨賈 J.P. 摩根（J Pierpoint Morgan）。他們的出身背景、專業領域、性情和審美不盡相同，但他們都成為了大都會藝術博物館亞洲部的捐贈人。從 1879 年大都會成立之初開始，一直到 20 世紀初，中國藝術品的捐贈源源不斷，以明清瓷器居多，反映了西方主流收藏圈在 19 世紀末 20 世紀初對於中國瓷器的審美和喜好。

據佳士得紐約中國瓷器及工藝品部資深專家瑪格麗特（Margaret Gristina）介紹：「大都會處理藏品主要是為了豐富其購買資金。這批 501 件的作品都是大

佳士得香港資深專家唐晞殷小姐與馮瑋瑜合影

都會自己挑出來的，大多是因為博物館裡已經有了重複的作品，或者品相存在缺陷，又或者品質上不符合大都會藝術博物館收藏瓷器的標準。」話是這樣說，大家都明白，大都會藝術博物館是缺錢了。當地的新聞媒體連篇報導，因為欠缺營運資金，這次才變賣家當。（這場拍賣後不久，館長被解聘了，這場拍賣也成為稍縱即逝的入藏機會。）

我是這樣看的：大都會藝術博物館舊藏的「一般」不等同於市場上的「一般」，要知道，並不是博物館獲得的所有藝術品都會進入館藏，要滿足標準才可入藏，每一個入藏的館藏品都有一個編號和一套完整的檔案記錄。這個專場拍賣中的每一件拍品都是大都會的館藏品，雖然不全是大都會所藏精品，但都是一個世紀前

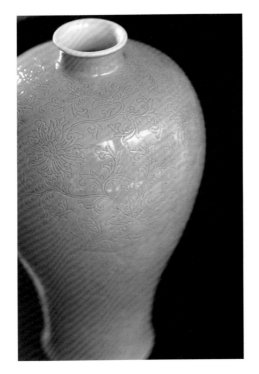

編號為 978 的清康熙黃釉梅瓶

歐美收藏中國藝術品的縮影。

從 2015 年的「安思遠專場」、2016 年春拍的「羅傑・琵金頓專場」、「臨宇山人專場」及「坂本五郎專場」來看，凡是名家名人的收藏專場，均會拍個滿堂紅，成為白手套專場，而且價格通常翻了多倍，大大超出拍前的預期，例如臨宇山人舊藏專場的那隻建窯盞，居然拍到 8,700 萬人民幣，那隻建盞是有多處明顯瑕疵的，如果沒有良好的流傳記錄斷不能拍至如此天價！可見今天的市場中，很多時候「名」比「貨」更重要──這是一種新趨勢。像書畫一樣，有多次出版著錄的，比突然橫空出世的貴得多。所以，佳士得的大都會專場，一定會拍得非常好！在 501 件拍品裡，難道就沒挑到一兩件好的？

香江藏富

《東洋陶磁大觀》卷十二之《大都會藝術博物館》及內頁

對著圖錄，我圈選了五六件，請唐晞殷小姐聯繫佳士得紐約傳《品相報告》給我。唐小姐非常熱心，不但傳《品相報告》過來，還請佳士得的資深專家連懷恩先生對這幾件拍品從不同角度拍下多幅照片，對我所圈選的每件作品作出非常詳細的說明。

紐約預展期間，張志大哥在紐約傳了幾張編號為 978 的黃釉梅瓶圖過來，連圖錄上沒有印刷的底款也拍下傳過來了，底款雖然寫上「大明宣德年製」，但明顯是偽託款，通過照片觀察，底部胎釉似是康熙晚期的，而刻花較深，粗獷有力，具有康熙官窯特徵。張志大哥傳來訊息說：「佳士得這隻黃釉瓶子還不錯，可以關注。」 編號 978 正是我所圈定之一。連懷恩先生也在微信告訴我說：「978 是非常不錯的拍品，釉色及刻工都很好，肩部有一道釉裂。」

因為這是本場拍賣 501 件裡的唯一一件全黃釉瓷器，雖然圖錄把它編在後面，但

我仔細翻閱過圖錄，早早就盯上它了。圖錄上注明：它曾出版著錄於 1977 年日本講談社《東洋陶磁大觀》卷十二之《大都會藝術博物館》，編號為 137，這是非常權威的陶瓷收藏書籍。我查過這套書（我家裡藏有這套書），一查就查到了，書上還註明這隻黃釉梅瓶是「清時代 18 世紀前半頃」的，18 世紀前 50 年也就是康熙晚期、雍正及乾隆前期。

有權威出版著錄，有張志大哥和連懷恩先生的推薦，中秋之夜，圓月之時，揚眉劍出鞘。

這場拍賣還有幾件心儀的拍品，我一併下了電話委託，從午夜 1 點多起就沒消停過，一直在拍拍拍，午夜 3 點多，紐約的電話又來了。

這隻黃釉梅瓶，低估價是 1.2 萬美元，我估計在 10 萬美元以下能拿到。開拍後，有現場跟我爭，一口一口，很快就到了高估價，舉牌的節奏明顯停了一下，我以為有戲了，沒想到又有新買家加入……到了 10 萬美元，我加了一口，11 萬，現場沒人爭了，以為可以收工睡覺了，不料又冒出一個新的電話委託，老是有人糾纏，只得一口口繼續下去……到了 15 萬，我有點猶豫，還是出價了。對方等了一會兒出價 16 萬。我遲疑一下，出價 17 萬。一陣長長的等待，對方沒有聲息，電話裡忽聽到現場一片笑聲，我忙問是不是敲槌了？是不是我競得了？電話那邊笑著回答我：對方開車過隧道，沒有信號，要求等等他，拍賣師接受了對方的請求。

哪有這個道理？拍賣現場舉牌慢了都可能敲槌給別人了，哪有這樣等著過隧道的！這拍賣師腦子進水了！氣得我直跺腳。良久，對方又從地裡鑽出來出價了：18 萬。這個天殺的！氣得我杏眼圓睜，銀牙咬碎！

香江藏富

「19萬！」我憋著氣加一口價。拼了！王侯將相寧有種乎！東風吹，戰鼓擂，看看到底誰怕誰！沒想到那傢伙出土後只舉了18萬一口價，被我19萬蓋過後就蔫了，偃旗息鼓不再舉了。良久，槌聲一響，電話傳來：「恭喜你！拿到了！」雄赳赳，氣昂昂，血拼之下終於拿到了。

經歷了一場大戰之後，豪情漸消，悲情漸起：可惜我那兩萬啊！還是美元，心痛得捶胸頓足啊！憑什麼他過隧道，卻要我多花兩萬美元給隧道費啊！

一夜無眠，看著天空由黑到紫，由紫泛藍，曉風殘月，漸次可見遠方的樓臺樹梢……縱是舉案齊眉，到底意難平。但好歹總算拿到了，我大清早在微信朋友圈發出：「圓月之夜，彎刀出鞘。紐約秋拍，激戰正酣。臨近尾聲，『美在於斯——大都會藝術博物館珍藏中國瓷』專場唯一一件全黃釉瓷器，從1.2萬美元起拍，最終以19萬美元落槌，終於拿下了這件，又在這個專場再拿多一件拍品，秋月隨人意，好夢又再圓。明晚，紐約繼續……」帖文剛發出，便收到一片祝賀聲。張志大哥馬上回覆說：「立件大器，又添佳品。覺得就應該是你的。」——不愧是佳趣雅集的同袍，知我者也；唐晞殷小姐也說：「能在大都會專場競得兩件拍品，多麼不容易啊！那麼多人爭，真要恭喜你啊！」據大都會自己的消息：本次釋出藏品的大部分是來自19至20世紀著名慈善家的捐贈，加上是大都會的館藏，因此對於買家來說，貨品背後的意義似乎顯得更為重要。

文以人貴，字以人傳，一件古物曾經的遞傳經歷以及誰使用過，其附加值甚至有可能遠遠超過這件東西本身，當然，達到這種境界的器物，本身品質自然也絕不會是普品。大都會藝術博物館館藏瓷器能賣出高於市場價格是理所當然，古董流傳過程中分分合合的故事和戲劇性，自然也會成為古董增值的一部分。

19萬落槌，比底價高了10多倍，加上佣金，就要23.3萬美元了，還沒算運費呢，真不便宜啊！

據大都會藝術博物館記錄，這隻黃釉刻纏枝蓮紋梅瓶於1923年入藏大都會藝術博物館，館藏已近百年，捐贈者是瑪麗‧克拉克‧湯普遜女士（Mark Clark Thompson，1835–1923）。瑪麗‧克拉克‧湯普遜女士是著名慈善家和收藏家，她的父親在1855年為紐約州州長，她的丈夫是著名銀行家的兒子。湯普遜伉儷樂善好施，對多家宗教機構和教育機構不吝資助，大都會藝術博物館便得到了他們夫婦的大力贊助。此外，湯普遜女士還贊助了動物園和婦女醫院，出資興建禮堂、養老院和圖書館，1903年開設紀念丈夫的克拉克‧湯普遜醫院。1921年，美國國家科學院以瑪麗‧克拉克‧湯普遜名義首次頒發地質與古生物學獎章。

湯普遜女士還有一段傳奇經歷。1912年，她原本重金購買了鐵達尼號首航的船票，在上船前那一刻突然改變了主意，決定改赴荷蘭參觀鬱金香花展，因此成為購買鐵達尼號豪華艙船票卻因各種原因沒有上船的七位幸運兒之一，避過鐵達尼號冰海沉船的一劫。上帝在最後關頭拯救了她！

湯普遜女士對清瓷汲汲以求，特別偏愛單色釉瓷器，本場拍賣幾件重要單色釉拍品就是她捐贈的，分別是編號897康熙烏金釉鳳尾尊（拍出3.5萬美元）、編號925雍正胭脂紅釉碗（拍出6.25萬美元）、編號927雍正淡粉釉盤（拍出30.5萬美元）、編號928雍正胭脂紫釉碗（拍出67.7萬美元）及編號966乾隆白釉玲瓏蓋碗（拍出19.7萬美元）。這不僅僅是價錢問題，更是反映了收藏家的眼光。從藏品可知，湯普遜女士品味高雅，眼光精準，其藏品質量之高，令人歎為觀止，而編號978黃釉梅瓶正是她同批捐贈的收藏品。這些都是

深圳望野博物館館長閻焰先生與
馮瑋瑜在晚宴上

她去世後整批捐贈入藏大都會藝術博物館的。如果這些藏品當時不是整批入藏
大都會藝術博物館，而是留到現在作爲一個專場上拍，估計又是一個轟動天下
的大藏家專場了。

2016 年 10 月 27 日，中國嘉德在深圳舉辦「中國嘉德 2016 秋季拍賣會——深
圳巡展」，中國嘉德拍賣董事總裁胡妍妍設「嘉宴」專請廣東地區重要的藏家
朋友，我有幸獲邀參加。宴開兩席，分爲一席書畫、一席瓷器，我右邊鄰座是
于大明總經理，左邊鄰座就是深圳望野博物館閻焰館長。閻館長是高古瓷研究
的專家和大收藏家，一邊大手筆收藏，一邊深入研究，既開設博物館，還出版
研究專著，在業內享有大名，在 2016 年 5 月他舉辦的「知白守黑——北方黑

清康熙黃釉刻纏枝蓮紋梅瓶

香江藏富

釉瓷精品文物展」及「北方黑釉瓷研討會」，國內各大博物館的專家以及陶瓷界的泰斗耿寶昌老師和大收藏家葛師科老師悉數到場，可知閻館長的號召力。我跟閻館長是好朋友，我們這一桌子俱是愛瓷之人，聊起來的話題當還是瓷器，我們互相交流心得，說起了大都會這場拍賣，我說收了紐約大都會藝術博物館那隻黃釉梅瓶，閻館長一拍桌面，驚訝地說：「哎呀！這隻黃釉梅瓶我在紐約還上手仔細看過，東西非常好啊！當時拿著這個瓶子時腦子裡突然崩出一個念頭，這件東西應該歸你的，還有馬上打電話給你的衝動。沒想到還真是你買去了！世間真有那麼巧的事啊！」

「啊？為什麼該歸我呢？」

「這梅瓶非常用好，刻花流暢，刀工好，這麼好的黃釉瓷器，也該你才配擁有。你的黃釉官窯系列收得非常好！」我有點耿耿於懷地說起了「隧道費」的事，閻館長搖著頭說：「不能這樣看，如果你當時不拿下來，過後你就會後悔到睡不著覺的！這不是高了兩萬，而是它的價值本身就到了這個價，因為不光你一個人出價，其他人也在爭搶，別人都會有個價格判斷，差這一口價就不屬於你了。而這隻梅瓶，就以你的成交價作為定價標準了，從今以後就不會低於你的成交價了，大都會藝術博物館的館藏品，極少釋出，以後很難再有機會碰到了，一點都不貴，也許世間只有這一件。」

閻館長接著介紹說：「紐約大都會博物館在美國藝術品收藏界的地位，相當於中國故宮，無出其右。這是它建館以來第一次出售館藏中國藝術品，能收藏它的館藏品，真是緣分啊！」人生若浮萍，聚散皆由天，離合似前定，我們為它而忙忙碌碌，說不定都是它冥冥之中安排的，不是說器物會找人嗎？幾位師友都說一見到它就覺得應該屬於我的，說來真是緣分啊。

此瓶雖高達 36 厘米多，卻不見清三代後期乾隆的臃腫，挺拔厚重，瓶身滿刻纏枝蓮紋，圖案飄逸灑脫，也不見乾隆的程式規範刻板呆工，刻工有力流暢。全身施黃釉，黃釉中微見窯灰斑點，實物釉色與圖錄的顏色差異較大，圖錄釉色透明清亮，而實物顏色卻顯得老氣一些。瓶底施白釉，泛蛋殼青，有縮釉點和黑疵點。底足處理略見粗糙，內足底胎釉結合部微泛一圈火石紅。該瓶胎體厚重，敞口外撇，短頸，豐圓肩，肩部以下漸斂，近足微外撇。整件器物造型敦厚，其風韻與乾隆官窯截然不同，顯得沉穩厚重，符合康熙時代的工藝特點，帶有康熙御窯的廟堂氣息。

2016 年 10 月 30 日，中國嘉德主辦、融熙文化協辦的「中國嘉德 2016 秋季拍賣會巡展——廣州融熙站」在廣州舉行，時任嘉德瓷器部專家溫華強先生也隨行來到廣州巡展現場，我們聊起了佳士得紐約大都會專場這隻黃釉梅瓶，小溫說：「在佳士得紐約預展時，我上手看過這個黃釉梅瓶，東西不錯，康熙的開門貨。」

「我也是這樣認爲的。我把這件梅瓶跟自己所藏的多件康熙黃釉器一一對比，發現胎、釉、底釉都有同樣的工藝特徵，而且仿款的青花色澤灰暗，筆法雖然是仿宣德，但也流露出康熙官窯寫款的某些特點。」我回答說。

「其實也不用那麼複雜，這隻梅瓶特別開門，光看造型，就可以定爲康熙了。康、雍、乾的梅瓶工藝上各有特點，在細微處是有差異的，如果你認眞觀察是可以看出來的。大都會這隻梅瓶，因爲我自己上手過，也仔細看過，完全具備康熙朝的特點，確實是康熙的。」小溫還仔細介紹了康、雍、乾三朝梅瓶的不同工藝特點，讓我受教了。

我收藏黃釉器，最初就是從康熙黃釉瓷器入手的，我對康熙黃釉器的研究還是下

了一番功夫的。康熙處於清代入關之初，防範極嚴，對黃釉瓷器的使用極為嚴格，任何人不得僭越，所以康熙的黃釉瓷器，全是官窯瓷器。而康熙時期由於淘煉胎泥還不夠精細，所有常有鐵元素析出，在釉面形成黑疵點，而在底釉，也常有縮釉點。這隻黃釉梅瓶也具有同樣的特徵。

2016 年 11 月 11 日，我應中國嘉德之邀到嘉德秋拍現場的嘉德講堂作「御用陳設瓷的榮光」講座，分享收藏心得。我提前一天到北京，10 日當天晚上專門邀請呂成龍老師小聚，我把這隻紐約大都會藝術博物館舊藏的黃釉刻纏枝紋梅瓶拿出來給呂老師掌眼。本來故宮博物院規定是不允許院內在職專家到社會上做鑑定的，但因為呂老師擔任《天地元黃——自得堂藏黃釉陶瓷器》一書的主編，而這隻黃釉梅瓶也將輯錄到這本書裡，作為主編的呂老師工作認真負責，對書中錄入的每一件器物都要親自把關審定，驗明真贗，所以這隻梅瓶也要經呂老師驗明正身。梅瓶剛拿出來，呂老師吃了一驚：「那麼大？」

故宮博物院器物部主任呂成龍先生鑒定康熙
黃釉梅瓶

「是的，是個大瓶，高度達36厘米。」我回答說。梅瓶擺好後，呂老師親自上手，上上下下、裡裡外外、仔仔細細驗看一番，然後肯定地說：「康熙的。」

「呂老師能說說依據嗎？」

呂老師解釋說：「第一，器形挺拔，符合康熙時期的器形；第二，從足部露胎處可以看到，胎土堅實，敲起來聲音清脆，可知胎土緊密堅致；第三，通體刻同一種紋飾，梅瓶較少見通體只有一種紋飾的，一般都分層描畫不同紋飾。但故宮也藏有類似用青花通體描畫這種紋飾的梅瓶，帶有康熙底款，兩者紋飾極為相似，可以斷定為同一時期的產物；第四，刻工極為流暢舒展，飄逸瀟灑，與雍乾的精

細、對稱、刻板完全不同，是康熙的風格；第五，底釉爲亮青色，有縮釉點，符合康熙御窯的特點；第六，底款雖寫『大明宣德年製』仿款，但款識的寫法有康熙的韻味，承德避暑山莊也藏有這種仿款寫法的康熙瓷器，資料上可以查到。由於有以上六點，所以確認此瓶爲康熙御窯瓷器。」

聽君一席話，勝讀十年書，我年輕識淺，呂老師「苟以爲可教而辱教之」，對我細心指點，誨人不倦。呂老師還特別讚賞地說：「故宮裡面也有類似的梅瓶，但沒有施黃釉的，你能藏有這一件，眞是難得啊！」我說：「這瓶可是花了24萬美元拍下的，還沒含運費稅費，不便宜啊！」呂老師算了一下說：「不就200萬人民幣左右嗎？一點不貴！夠便宜了。你想想故宮都沒有的東西，又是紐約大都會藝術博物館出來的，這個價格太便宜了！東西好啊，又少見，我要專門爲它寫一篇論文。」想呂老師在故宮工作30多年，見宮裡寶物無數，這隻黃釉梅瓶難得打動了呂老師，他竟要親自爲它寫一篇論文，眞令人開心不已。

這隻康熙黃釉梅瓶是鐵達尼號倖存者、慈善家和收藏家瑪麗‧克拉克‧湯普遜女士的舊藏；是紐約大都會藝術博物館的百年舊藏；有1977年日本學研社出版《東洋陶磁大觀》的著錄；經呂成龍老師鑒定確認爲康熙御窯瓷器……這麼多故事集於一身，這樣的器物世間能有幾件？眞是喜從天降，阿彌陀佛！我心花怒放，從大都會藝術博物館入藏了這隻充滿故事的康熙黃釉刻纏枝蓮紋梅瓶，是多麼令人高興的一件事啊！當浮一大白！

2017年12月中旬，適逢北京超級拍賣周。嘉德、保利等10多家拍賣行同時集中舉辦拍賣活動，收藏界的各路朋友雲集京城，各個拍賣展場人潮如織，躁動不安。收藏江湖的龍爭虎鬥即將上演。

中漢拍賣公司 2017 年秋拍也在這時舉行。在 12 月 16 日晚，中漢拍賣董事長卞亦文設盛宴招待收藏圈的眾多朋友。宴會上同桌的一個同行過來敬酒，我一下子沒想起來是誰，他說：「你忘記了？ 15 年佳趣雅集成立酒宴，我們還同一桌吃飯呢。」我在大腦中迅速搜索，好像是有這麼個人，不過記不起名字了。

見我還有點模糊，他狡黠一笑，說：「還記得紐約大都會藝術博物館那隻黃釉梅瓶嗎？那個從隧道裡出來競價的就是我。」

原來是你！一股積鬱已久的怒氣驀地從丹田湧上來，冤有頭債有主，好嘩！原來這傢伙就是「真凶」！我認真打量，只見他光光的腦袋，尖尖的下巴，一雙透著精明的眼睛，略帶諂媚的笑臉。他笑言：「那時我剛好在洛杉磯過隧道，電話信號不好，我就叫拍賣師等等，只等了幾分鐘。」

「還幾分鐘？還累得我多給兩萬美元！」我狠狠地瞪著他。如果不是在熙熙攘攘的宴會上的話，真想踹他一腳。

「我不知道是你呀。」他滿懷委屈地說：「你看，每一次我看見你舉牌，我都讓給你，不去舉了，因為知道最終結果都是舉不過你的。那次真的不知道是你啊，而且那件也不是我自己要買，是幫一個老闆舉的。那老闆要開博物館，說無論舉到多少錢都要。後來我勸他不要爭了，他才放手的。好在最後還是你拿到了。」他一副做了不該做的事、痛心疾首的樣子，而且還說得好像勸退別人立了功似的。

坐旁邊的卞總也趕忙站起來打圓場說：「不打不相識。你還不知道他吧，這 10 年中國古董收藏界的江湖內幕，沒有一件是他不知道的。他叫胡瑞澤，是

胡瑞澤先生和馮瑋瑜
合影

美國著名的大行家，也是出了名的掏老戶。過去 10 年，他把日本的老戶都掏
光了，現在又到美國掏貨了。」後來得知，胡瑞澤先生其實是美國一家拍賣
公司的老闆。他非常誠懇和熱情地說：「下次紐約拍賣時你到美國來，我一
定好好接待。」

我本來就是一個快意恩仇的人，看在他主動坦白「作案」經過的份上，看在他毫
不知情的份上，看著他一臉無辜的樣子，我心裡輕輕地歎了口氣：難道真的當眾
打他一頓嗎？算了，抗拒從嚴，坦白從寬，饒恕他吧，寬恕這隻迷途在美國的小
羔羊吧。

我們輕輕地一碰杯，滿滿的一口酒，杯酒息恩仇，過去心裡的不快一掃而光。劫
盡餘波兄弟在，相逢一笑泯恩仇。從此雲淡風輕，再見也是朋友。

「明天誠軒拍賣有一隻雍正檸檬黃釉杯，不知你有沒有注意，我明天會去舉那隻杯子。」胡先生說。那隻杯子也是我看中的，畢竟我是收藏黃釉系列的嘛。原來胡先生來敬這杯酒，還隱藏這個後著，不愧是個大行家啊。初次相識，禮讓於人，胡先生既然那樣說，那我讓他一丈，不參拍那隻雍正檸檬黃杯子，青山不改，綠水長流，機會還會有的。第二天我雖然一直在誠軒拍賣的現場，但沒有出手那隻雍正檸檬黃釉杯子，不知道他最後有沒有競得。收藏就是這麼奇妙，開心又有趣。

說回這隻造型雄渾、雍容氣派的康熙黃釉刻纏枝蓮紋梅瓶，當它在「黃承天德——明清御窯黃釉瓷器珍品展」陳設出來，氣勢恢弘，一派廟堂氣象，自有一種懾人心魄的魅力。皇家御用之物，果然不同凡響！難怪呂老師別後重逢，久久凝視不語——一切盡在不言中。

在風起雲湧的時間段裡，人與人之間、人與器物之間的相遇，才有了種種機緣巧合的故事。百年前從中國遠去美國，百年後又從美國回歸中國；百年前入藏紐約大都會藝術博物館，百年後復歸故地的自得堂；當年流落到番邦洋女子手上，今天回到漢家女嬌娥手中，百年輪迴，關山飛渡，幸得此身無恙。

百年離異，久分必合，王者歸來，萬里歸宗。從紐約大都會藝術博物館來到我家，未來的故事，當與我一起續寫華章。

大風起兮雲飛揚，威加海內兮歸故鄉。

香江藏富

藏品簡介：黃釉刻纏枝蓮紋梅瓶

年代：清代康熙

款識：六字二行楷書仿款「大明宣德年製」

尺寸：高度 36.2 厘米

來源：1. 瑪麗‧克拉克‧湯普遜女士舊藏

　　　2. 紐約大都會藝術博物館

　　　（2016 年 9 月 15 日佳士得紐約秋拍「美藏於斯──大都會藝術博物館珍藏中國
　　　瓷器」專場　編號：978）

展覽：1. 2017 年 10 月景德鎮中國陶瓷博物館「黃承天德──明清御窯黃釉瓷器精品展」
　　　編號：20

　　　2. 2018 年 7 月廣東省博物館「五色祥雲──自得堂藏宋元明清單色釉瓷器展」
　　　編號：13

第四章

恰是紅霞映晚時

一隻香港明成館舊藏
郎窯紅釉大盤入藏記

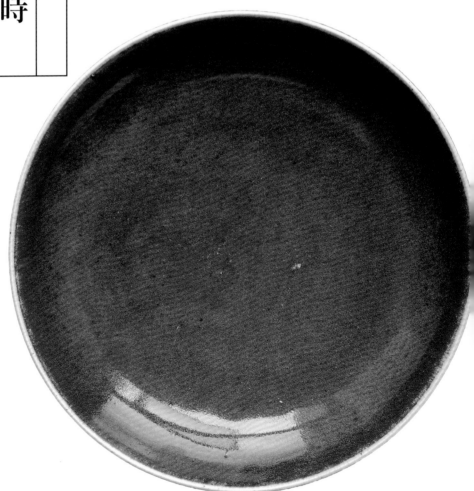

一個人要成功，機會很重要。雲從龍，風從虎，風雲際會，英雄輩出。出自唐傳奇小說《虬髯客傳》裡的「風塵三俠」，虬髯公對李靖說：「非一妹不能識李郎，非李郎不能榮一妹。起陸之漸，際會如期，虎嘯風生，龍騰雲萃，固非偶然也。」本被司空楊素輕視的書生李靖，卻被楊素的歌妓紅拂女慧眼識珠，慨然深夜私奔，私奔途中又制止李靖的衝動，與虬髯公義結兄妹，以「三兄」和「一妹」相稱。李靖後得虬髯公傾囊相助，追隨李世民，叱咤風雲，出將入相，為唐朝的建立、統一和鞏固立下了赫赫戰功。特別是在貞觀四年，李靖率軍滅亡了西北強國東突厥，把西突厥打得逃竄到遠隔千山萬水的今日土耳其一帶，不僅解除了唐朝西北邊境的禍患，而且為後世西北邊境內的安寧立下了不世之功，成為中國歷史上最偉大的軍事家之一。

虬髯公一句「非一妹不能識李郎，非李郎不能榮一妹」，道盡世間多少懷才不遇的英雄落泊困窘、未遇良人的美女滿腹辛酸，讓人無不感慨潸然。

《三國演義》裡劉備三顧茅廬時，諸葛亮為劉備分析時局，提出對策。《隆中對》被譽為中國歷史上最偉大的戰略構想之一，正是在這一戰略決策指導下，劉備建立蜀漢政權，與孫吳和曹魏兩大政權成三國鼎立之勢，成就了劉備蜀漢三分天下的帝業。對於那一段群臣初遇的故事，諸葛亮在《出師表》自述道：「臣本布衣，躬耕於南陽，苟全性命於亂世，不求聞達於諸侯。先帝不以臣卑鄙，猥自枉屈，三顧臣於草廬之中，諮臣以當世之事；由是感激，遂許先帝以驅馳。」一段不尋常的相遇，開展了一段風雲際會的傳奇。

當然，有些結局並不那麼美妙，即使如此，故事同樣充滿傳奇。當當網的李國慶與俞渝，他們夫妻相識之初，一個是在商海浮沉 10 年羽翼初成的互聯網新貴，一個是在美國華爾街浸潤經年的投行女精英，兩人甫一相識，就敏銳地發現對方

在「典亞藝博」博覽會上黃少棠先生與馮瑋瑜合影

身上的潛質，可以互相成就，立即相見恨晚，迅速墮入愛河，相識僅 6 個月就懷孕、結婚，他們雙方共同成爲聯合董事長，把當當網發展成爲當時中國最大的互聯網書店，並在美國上市，上市當天他們的財富逼近 20 億美元，他們夫妻倆是珠聯璧合的雙贏。婚姻裡情投意合、事業上風生水起，這對伉儷，羨煞無數互聯網創業者。曾經互補短板的夫妻，一起走過 20 年，他們之間肯定有過情深義重，他們的故事，正是當代版的際遇傳奇。哪知在大時代下，滔滔洪流裡挾裹著金錢的誘惑和人性的慾望，演繹出讓無數人掉眼鏡的劇碼。一對名人夫妻，曲折的情節，未完的故事，讓人一唱三歎，唏噓「好花不常開，故人心易變」，只能安慰自己，人生就是這樣起起伏伏。想想他們當初的際遇之時，沒有互相倚仗，何來婚後夫妻聯手的事業成功？既有當初，今日何至於互相傷害呢！唉，人生若只如

郎窯紅釉大盤猩紅豔麗，
品相完美，有一種懾人心
魄的美。

初見……當初相遇的那一刻，只道是金風玉露一相逢，便勝卻人間無數，哪知不
尋常的開始，後續演繹的卻是出乎想像的狗血故事，看得人內心驚濤駭浪。他們
的故事，比當當網上任何一本書的情節都要精彩。

2018 年 10 月初，在香港灣仔會展中心的「典亞藝博」展覽會上，明成館在展會
裡舉辦了一場單色釉瓷器展，近 20 件清代至民國洪憲的單色釉瓷器盡顯風采，
最惹人注目的就是在展場最當眼的地方陳設著一隻碩大的郎窯紅釉大盤，風華萬
千，如紅日耀目。

這批展品，我一件件上手，這件中意，那件又喜歡……真是眼花繚亂，看中的大

概有七八件吧，有瓶子也有盤，黃先生的助手幫我一件件地做好記錄。但不論這些怎麼好，總不及擺在門口的那隻郎窯紅釉大盤那樣讓人印象深刻。

明成館主人黃少棠先生介紹說：「這隻郎窯紅釉大盤是我多年前收到的，這麼多年來也再沒見過有這麼大的郎窯紅釉盤了，是不是孤品不好說，反正到目前爲止還沒見過有第二件。這隻大盤發色鮮豔，釉色變化層次豐富，郎窯紅釉該有的特徵，此盤全部都有，更難得品相非常完美。」我心中盤算：郎窯紅釉以瓶和尊較爲多見，盤類較少見，特別是大盤，更爲罕見，收藏標準的「眞精稀」此盤佔全了，而且同樣大小的大盤我已有一隻永樂甜白釉盤、一隻嘉靖黃釉龍紋盤，如果入藏了這一隻，紅黃白3隻一起展出來，3種色彩互相輝映，一定非常漂亮奪目。

我試探著問黃先生：「這隻郎窯紅釉盤賣多少錢呢？」黃先生笑笑說：「這隻是非賣品，是自己藏著玩的，暫時還不想賣。」明白，這是黃先生特地爲展覽而拿出來的鎮會之寶。君子不奪人所愛，我按捺住自己，一笑別過。

第二天下午，黃先生助手打電話來說：「你看中的那批單色釉瓷器，剛才有個朋友也看上了，你確認眞的是要嗎？是要幫你留起來嗎？」我心中還是放不下那隻一瞥驚爲天人的郎窯紅釉大盤，連忙說：「你先問問黃先生，那隻郎窯紅大盤能不能割愛？我是眞的喜歡。」

等了一會，助手回電：「黃先生說如果你眞想要那隻郎窯紅釉大盤的話，也可以轉讓給你，不過價格較高，比那批單色釉全部加起來還要高。」我咬咬牙，就掐尖買吧。於是選定這隻郎窯紅釉大盤，放棄了原先選定那七八件單色釉瓷器。郎窯紅釉的萬千風華，盡在此盤中——比什麼都好。

馮瑋瑜在香港古董商舖林立的荷李活道

展會結束後，我才去香港明成館拜訪黃少棠先生，當然是專門為那隻郎窯紅釉大
盤而去。

明成館坐落於香港上環荷李活道，那是香港著名的古董和藝術品會聚之地，街道
兩旁盡是林立的古董店。明成館在二樓，沒有街面門店，不是做門面生意，有事
要預約。館內面積不小，但不少貨物堆積，大廳因貨物太多有點凌亂。黃先生把
我迎進會客室，中間一張黃花梨大檯，四周是書櫃，擺放的都是瓷器類的書籍。

雖然黃先生為人低調，但他經營的明成館在香港以至國內外收藏界享有盛名，不
僅僅是他過人的眼力，還包括他的藏品。

明成館的秘藏當然是不同凡響，江湖上流傳黃先生秘藏了不少明代成化瓷器，他起名「明成館」，本身就帶有以經營明代成化瓷器爲主項的意味。成化瓷器從來都是高價高品位的瓷器，有「明看成化、清看雍正」之語，由1.4億港元的成化青花纏枝秋葵紋宮碗到2.8億港元的成化雞缸杯，無不昭示著成化瓷器的精美與身價。但傳聞說黃先生不輕易拿自己的秘藏出來示人，你想看他的寶藏一二，就要在他那裡大吹大擂在哪裡見到一件成化什麼名品了，怎麼怎麼好，說得黃先生忍不住了，就會一聲不吭轉身到倉庫拿一件成化東西出來：「是不是這種呢？」「哦，對、對！」然後你自己就偷著樂：又賺了一件名品上手的機會。欣賞完了，接著又要說：「這件真不錯，不過，誰誰誰那裡又有一件什麼什麼好東西，怎麼怎麼好……」說得黃先生氣不過，又拿一件出來：「跟我這件比怎麼樣？」呵呵，黃先生藏有這麼貴重的成化美器，自個寶貝得不得了，平常不會給你上手，對黃先生只能「激將」……這是江湖上越傳越玄的故事。

這些都是江湖傳說，我從未向黃先生求證。從我個人交往來看，黃先生雖是外冷內熱的人，但不爭強好勝，不會非要跟別人一爭短長。我覺得那些傳說終歸只是傳說而已，黃先生是見過大風浪的人，性格沉穩，那個被「激將」的人不會是黃先生。

我平常對黃先生都稱他「黃師傅」的，尊敬還來不及，哪敢激將啊。他的秘藏往往會涉及商業秘密，我自守規矩，不打探別人的秘密，從沒提過要看他的秘藏。每個人都有自己的處事原則，我們要尊重別人。只是有時聊得高興時，他也會拿幾件他的寶貝珍藏出來給我開開眼界，也指點其中鑒定秘訣。特別是當我入藏了某些比較特殊的藏品，他就會拿出同時代的藏品來與我分享其中的異同，實際上是指點我。

香江藏富

康熙郎窯紅釉大盤背面

當我們二人坐而論道時，黃先生每每真情流露，遙襟甫暢，逸興遄飛，聊得春風和煦。每每聊得興高采烈之際，黃先生就會拿出幾件他的珍藏讓我上手把玩，共賞美瓷，指點迷津。賓主對座，一壺紅茶，古今多少事，盡在笑談中。

知道我今天來訪的目的，黃先生又把那隻郎窯紅釉大盤拿出來給我欣賞。我再次上手，只見大盤碩大，造型規整，侈口淺腹，胎厚釉濃，拿在手上感到很沉重。大盤釉面玻璃光澤強烈，通體猩紅，如初凝牛血，濃烈活潑。由於是施厚釉且高溫燒製，高溫燒窯時釉料會融化，導致大盤口沿露白，呈俗稱「燈草口」現象。盤底呈現淡淡的蘋果綠色，並有自然形成的開片，無款識。

此盤不雕不刻，廢繁奢，破窠臼，摶泥幻化而成，單以一色濃烈猩紅而奪人心魄，美得簡單而純粹。世間的至美，都是簡單而純粹的。

明成館黃少棠先生和馮瑋瑜一起欣賞郎窯紅釉
大盤

這隻郎窯紅釉大盤所凝固的形象正代表中國藝術的精華所在，熱烈的釉色凝固為
靜態的莊重，所表現的是對中國藝術在瞬間的把握，這個瞬間的定格是中國美學
的精髓。但取瞬間一霎，造化繽紛盡收一色之內。

既然雙方合意，我們就直奔主題——談價格。作為貨主，黃先生首先開了一個價，
比我心目中的價格要高了不少。我思考了一下，還價減去30萬，即使減了30萬，
還是遠遠超過百萬。黃先生也思考了一下，點頭同意。雙方之間三句話，一分鐘
不到，成交！

我看過很多大收藏家的傳記，都說某藏家入藏時從不還價，正因為如此慷慨解

囊，所以不停地有行家送第一手好貨供藏家挑選，所以後來終成大藏家。我是個小女子，是個沒有背景的尋常人家，也不追求成爲大藏家，收藏只是喜愛，如果日後有投資收益，那是錦上添花的事。雖說對價錢不錙銖必較，但錢也不是風吹來的，家裡也沒有礦，價錢總還是要談的。我跟黃先生很熟，也時常得到他指點迷津，我非常感激，但若論到雙方買賣，價錢還是要談的，總要雙方覺得價錢適宜，大家心裡舒坦，這樣友誼才會長久。

收藏路上，我極少跟別人談藏品買賣價格，因爲除了少數幾件外，我入藏都是通過拍賣活動公開舉牌競價入藏的。

從明成館出來，從荷李活道穿過摩羅上街，沿著一級一級的石階走向皇后大道東，剛巧碰到了京城收藏圈的著名才子梁曉新先生。梁曉新曾擔任蘇富比藝術學院中國首席代表，後來成立正觀堂，從事中國古代藝術品鑒藏與投資顧問公司工作，他是我相識多年的良師益友，我的藏品裡有幾件也曾是正觀堂的舊藏，所以我們特別談得來，因爲彼此對所喜好的古董藝術風格相類似。梁曉新浸淫古董圈多年，深知內裡眞相，更兼知識淵博，辯才無礙。一件古代器物，他可以說得頭頭是道，讓人心悅誠服，不愧曾經是蘇富比藝術學院中國首席代表。

梁曉新舉辦了「迤邐形色──17世紀單色釉特展」後，曾倡議舉辦郎窯紅釉展，向各位藏家徵集展品，此事拖延日久，漸漸偃旗息鼓，沒有下文。剛收了一隻難得一見的郎窯紅釉大盤，又意外在香港街頭碰到他，忽地想起了他策劃郎窯紅釉展覽的事，就問他：「你的郎窯紅釉展覽組織得怎樣了？」他兩手一攤，搖搖頭：「難啊！徵集展品太難了！眞正的郎窯紅釉瓷器不多見，類似郎窯紅的倒不少，有些沒底款的紅釉，就自稱是郎窯紅，實際上是燒得不好的或者是民窯的東西，所以展覽做不起來。」

我說：「要不我支持你幾件吧，都是有來源的，剛剛在香港還收了一隻郎窯紅釉大盤，釉色非常漂亮。」「啊，郎窯紅大盤？我知道了，一定是明成館那件！」我吃了一驚：「你怎麼知道的？」「你說郎窯紅釉大盤，全世界就只有那一隻，就是明成館黃先生那隻，地球人都知道，那隻大盤好啊！」梁曉新說得像是真有那麼一回事。「你們都知道，那你們不早去收下來？」我問道。「那價格貴呀！怕是全世界最貴的郎窯紅了！滿圈子裡的人都知道它好，可滿圈子的人都知道它貴啊！」梁曉新眨眨眼問道：「你真的拿下來了？」我點點頭。他馬上伸手出來握著我的手說：「恭喜你！那隻郎窯紅釉大盤真是好東西啊！」

梁曉新說太貴，我倒坦然，好貨善價，古今亦然。為什麼我對黃先生開出的價格略略還價就成交呢？因為我覺得黃先生對價格市場價格把握得比較準確，他開的價格不失公道，好東西必然價格不菲，高低只是見仁見智。

關於黃先生對古董市場價格判斷的準確，我說一個自己親歷的故事。2017 年香港蘇富比春季拍賣會，在「清潤柔輝——茉琳‧琵金頓珍藏黃釉御瓷」專場有一隻成化黃釉盤，估價只是 200 至 300 萬元。成化黃釉盤可是極為罕見的品種，也是我多年來首次見到市場流通的成化黃釉瓷器（後來香港中漢拍賣也出來過一隻沒有來源的，據說是在美國跳蚤市場撿到的）。我志在必得，故向很多朋友諮詢會拍到多少價。蘇富比的專家跟我說：「我看要 400 至 500 萬左右吧。」曾任廣州市文物總店總經理的古陶瓷鑒賞名家曾波強老師拉我過一邊叮囑道：「可能會翻倍，但過了 400 萬就高了。」很多朋友都知道我必定出手，都紛紛向我支招，卻沒有一個估價過 500 萬的，更多偏向於 300 至 400 萬之間。

拍前一晚，我請黃先生吃飯，特別諮詢他對這隻黃釉盤成交價的意見。黃先生說：「不如這樣子，我們各在手機上寫上自己估價，看看各自心中價格，好不

正觀堂梁曉新先生和馮瑋瑜一起在香港蘇富比
看預展

好？」這不就是周瑜和諸葛亮故事的現代版嗎？羅貫中小說《三國演義》第 46
回寫道：

瑜邀孔明入帳共飲。瑜曰：「昨吾主遣使來催督進軍，瑜未有奇計，願先生教我。」
孔明曰：「亮乃碌碌庸才，安有妙計？」瑜曰：「某昨觀曹操水寨，極是嚴整有
法，非等閒可攻。思得一計，不知可否。先生幸為我一決之。」孔明曰：「都督
且休言。各自寫於手內，看同也不同。」瑜大喜，教取筆硯來，先自暗寫了，卻
送與孔明；孔明亦暗寫了。兩個移近坐榻，各出掌中之字，互相觀看，皆大笑。
原來周瑜掌中字，乃一「火」字；孔明掌中，亦一「火」字。瑜曰：「既我兩人
所見相同，更無疑矣。幸勿漏泄。」

左宗棠說「讀破萬卷，神交古人」。好，我們附庸風雅，效法古人，各自在手機上寫上價格，然後移凳相近，亮出手機，只見黃先生手機上寫的是 1,000，再觀我的手機上寫的是 800。黃先生大喜道：「我出的是港幣 1,000 萬，你出的是人民幣 800 萬，折算後就是港幣 1,000 萬，我們的價格是一樣的！」如此巧合，真乃英雄識英雄，我們兩人相視，撫掌大笑。

在此之前，從沒有人對我說那隻成化黃釉盤拍賣時會高過 500 萬以上的，即使蘇富比的專家，也跟我說 500 萬就差不多。我想，他們不像我那樣對黃釉瓷器的喜愛和執著，我對明清黃釉御窯瓷器是傾盡全副身心來收藏研究的，這隻成化黃釉盤是數十年來市場流通唯一可見的稀有品種，怎可跟一般的成化瓷器同日而語呢！所以我底價就是 800 萬港元左右落槌，加上佣金，就是港幣 1,000 萬，折算成人民幣還是 800 萬左右。

拍賣當日，該盤由 200 萬起拍，果然眾家爭搶，爭至 500 萬以後就是我跟蘇富比亞洲區主席仇國仕的太太在相爭，我坐在最後一排，她就站在我的右後面，我們相距不到兩米。香港著名收藏家、敏求精舍會員懷海堂鍾棋偉先生坐在我旁邊，當輪到這隻成化黃釉盤上拍時，鍾先生給我打氣說：「看你的了，祝賀你好運。」

我跟仇太太你來我往，爭相舉牌。在拍賣師煽情的鼓動下，在現場熱烈氣氛的刺激下，很容易讓人腎上腺開始發作，只知爭狠鬥勝，不買的人也看得兩眼發直，拍手叫好，這個時候，已經沒有人有耐心和冷靜去分析，我雖是當局者，卻是清醒的，就按昨晚所定的策略，舉牌至 800 萬後就果斷放棄，她以高出我一口價落槌競得，連同佣金合共 1,030 萬元港幣成交。

惜於差一口價而敗北，我內心有點懊惱，鍾先生在旁邊說：「你看，可能不是仇太太買的，或者她是代老埃舉牌的吧？」我順著鍾先生手指方向看去，只見仇太太競得後，就從旁邊通道走到坐在中排英國著名古董商埃斯肯納齊（Giuseppe Eskenazi）身邊，把競價牌交給老埃。怎麼回事？牌子是老埃的？到底仇太太是借老埃的牌子自己買下的，還是代老埃舉牌呢？我沒搞清楚，但拍賣過後大家傳言是老埃買去了。

跟仇太太這一戰火花四射，雖然場上觀戰的朋友稱讚我是雖敗猶榮，特別是廣東的藏友紛紛說我大戰埃斯肯納齊，為廣東爭了光。敗軍之將不言勇，雖內心悵然，我卻更佩服黃先生對古董器物價格的預見性。

所以，他對郎窯紅釉大盤開出的價格，我認為是必有依據的，想黃先生當不負我，既然開出這個價格，自有道理的，我略作減價，欣然成交。為什麼不「開天殺價，落地還錢」呢？呵呵，我又不是街市大媽，本來是一樁寶劍酬知己的雅事，為何偏要拉回討價還價的可憐人間。紅塵中遇見你，是我人生中最美麗的意外。從沒想到過會入藏一隻那麼漂亮的郎窯紅釉大盤，就如那一句「愛情從來沒有太晚，幸福永遠不會缺席」。

2019 年 9 月的一天，黃少棠先生打電話來問我：「今年的香港『典亞藝博』跟往年一樣，還是跟蘇富比秋拍同時舉辦，也同樣在灣仔香港會議展覽中心，他們甄選之後，決定選用你那隻郎窯紅釉大盤作為展會宣傳品封面，你同意嗎？」既可成人之美，又可再次展現這隻郎窯紅釉盤的萬千風華，這是好事啊！我滿口答應了。

黃先生接著說：「還有呢，有人看中了這隻郎窯紅盤，願意出高 100 多萬，你是否同意轉讓呢？」像剛才答應得爽快一樣，現在拒絕得決絕：「黃師傅，

典亞藝博展覽圖錄內的康熙郎窯紅釉大盤

我還沒玩夠呢。」黃先生哈哈一笑，就此打住。我是喜愛，不是爲了賺這 100
多萬。

每年的 10 月初是香港藝術品市場的最熱鬧的時候，同期舉辦全球最重要的藝術
博覽會、拍賣會以及各類展覽，吸引著世界頂級藏家、藝術品專家、鑒賞家和愛
好者前來。典亞藝博、蘇富比與中國嘉德同時在會展中心，是香港每年一度的文
化盛事之一，觀眾絡繹不絕。

10 月 3 日，當我走到會展中心入口時，正前方 3 幅巨大的展板迎面聳立，一幅
是蘇富比，一幅是中國嘉德，而最奪目的一幅就是正中間典亞藝博的廣告，因爲
它選用了豔壓群芳的紅色——獨特明豔的郎窯紅釉色，而這隻郎窯紅釉大盤，正
是我從明成館入藏的那一隻。

香江藏富

香港會展中心大堂正門高達數米的大幅廣告，郎窯紅釉大盤在中間。

藝博會的招牌廣告，與蘇富比、中國嘉德的明星拍品比鄰，這隻郎窯紅盤風華綻放，榮耀香江。能夠在香港會展中心正門大堂擺放大幅廣告的藝術品，能有幾件？

因為被選為藝博會的代言展品，更兼有了香港會展中心大堂正門的大幅廣告加持，這隻郎窯紅釉大盤成為典亞藝博展覽會的明星展品，也再一次成為展覽會明成館展位的重點展品，吸引了無數人駐足，觀眾凝視這隻郎紅釉大盤，無不因為它傳遞出的那種沉雄、莊嚴的氣勢，發出嘖嘖讚歎。

經過路過，不會錯過，它成為一個小熱點。古董圈的知名媒體人項立平先生也把它發放在朋友圈上，古董圈的朋友們都知道了是我入藏了這隻罕見的郎窯紅釉大盤。

馮瑋瑜在香港會展中心正門大廳的「典亞藝博」廣告前留影

在 2019 年 11 月 9 日，鳳凰衛視台播出《香港新視點》，典亞藝博的主席黑國強先生在節目裡正在侃侃而談「近年藝術文化融入社會成為熱話、香港策展人與藝術經紀」等話題，這時，這隻郎窯紅釉大盤的身影又多次出現在電視畫面裡，它是如此的誘人、如此的令人難忘——美是讓人惦記的。

好東西總會讓人惦記著，梁曉新策展的「貢之廊廟光鴻鈞——康熙奇珍郎廷極藝術大展」在歷經數年的磨折後，終於定於 2023 年 3 月 18 日在保利藝術博物館開展。梁曉新惦記著這隻郎窯紅釉大盤，打電話來商詢借展，我慨然應允。2023 年 1 月 27 日，也是年初六的那天，我們約好在香港中環太古中心 7 樓的保利香港公司辦公室交收展品。梁曉新拿著這隻郎窯紅大盤感歎地說：「念念不忘，必有迴響。這隻大盤，又以這種方式能讓我重新上手，這可是集郎窯所有特徵於一身的名器啊！你看看，口沿燈草口與紅釉的交接是不規則的，變化自然，與後來口沿故意加一道白釉人工造成的燈草口完全不一樣，郎紅釉由淺漸深，特別是紅釉中星星點點的紅斑，這是釉料淘洗不精而形成的，反倒使全盤更具一種深紅中有變幻的美感，大盤全身開片紋，玻璃質感強，而淺淺的蘋果綠底，在上釉時不經意飄灑數十點紅斑，更具詩意……更難得這麼大尺寸的郎紅釉大盤，目前所見是唯一一隻。明成館黃先生的東西真的是好，可價格也真貴啊！當時它在『典亞藝博』展出時，我前前後後折返三次，談了三次，都是因價格太高沒法下手啊！沒想到你那麼兒猛買下來，真讓人佩服啊！那可是 6 年前的事啊！6 年前的 100 多萬可是大錢啊！」梁曉新一副仍然耿耿於懷的樣子，良久，他才說：「好在是你買下來了，我才有機會再次上手，它仍然是那麼光彩奪目，這大盤真好啊！」

我捂嘴笑著告訴梁曉新：「我入藏後一年，黃先生又找我，說另有人想要這隻郎窯紅釉大盤，問我加價 100 萬是否願意轉讓。」他一聽，瞪圓眼睛說：「嘩！一年賺 100 萬啊！」「我沒賣！我那會兒才剛買過來，心氣兒高，說是因為喜歡才

買的，不是爲了賺錢。沒想到疫情這 3 年，古董市場往下掉，恐怕現在也到不了
黃先生那年給的價格了……」我有點懊惱。「不賣就對了！這獨一無二的大盤，
將來一定會更高價的。你若賣了，這次展覽就缺了一件非常非常重要的展品了，
還是不賣的好。」梁曉新有板有眼地說道。我們哈哈大笑，爽朗的笑聲在香港保
利的辦公室迴蕩。

2023 年 3 月 28 日，「貢之廊廟光鴻鈞──康熙奇珍‧郎廷極藝術展」在北京的
保利藝術博物館隆重開幕，這隻大盤陳設在最顯眼、最重要的地方，梁曉新導覽
時每每對人介紹：「這是郎窯之王啊！也是這場展覽裡最重要的展品！」──這
是故宮博物院呂成龍老師看過展覽後親口告訴我的，我問呂老師是否認同梁曉新
的說法，呂老師莊重地點頭。

所有的相遇，都是一種償還；所有的經歷，都是最好的安排。

香江藏富

藏品名稱：郎窯紅釉大盤
年代：清代康熙
尺寸：直徑 36 厘米
來源：香港明成館
展覽：1.2019 年 10 月 4 日至 7 日香港典亞藝博會
　　　2.2023 年 3 月 28 日北京保利藝術博物館
著錄：1.《FINE ART ASIA 2019 典亞藝博》第 104-105 頁
　　　2.《貢之廊廟光鴻鈞——康熙奇珍郎廷極藝術大展》

第五章

擢秀三秋菊蕊黃

一隻嘉德封面拍品
清雍正檸檬黃釉菊瓣盤入藏記

香港故宮文化博物館在 2022 年 6 月 22 日開館，於 2022 年 7 月 3 日正式對外開放，共展出 914 件來自故宮博物院的珍貴文物，不少都是首次於香港公開展出，異彩紛呈，特別是當中部分藏品更是從未對外公開展出過，更是難能可貴。這不僅是香港的文化盛事，也是我等醉心中華文化的收藏愛好者汲汲以求的機會，師友朋輩均以先睹為快。

在展廳 3 以「凝土為器——故宮博物院珍藏陶瓷」為主題展出故宮珍藏的 150 多件陶瓷展品，這些重要的陶瓷名品，既是中國陶瓷發展史的縮影，也是各個時代的精品。

在展廳的進口，在一個特製的玻璃展櫃裡，陳展著 12 隻名滿天下雍正菊瓣盤，諸色俱備，相互輝映，煞是可愛。雍正菊瓣盤清新小巧，處處體現雍正御瓷文氣、秀雅的審美品味。作為展廳迎接觀眾的第一組展品，選擇的當然是彰顯著皇家地位和品味的重要器物，而菊瓣盤當之無愧。

菊瓣盤是擷取菊花之形而燒造的一代名品，以雍正朝燒造的御瓷最為精美。菊花是中國傳統名花，在中國的傳統文化裡被賦予了吉祥、長壽的含義。如菊花與喜鵲組合表示「舉家歡樂」；菊花與松樹組合為「益壽延年」等，在民間應用極廣。梅、蘭、菊、竹自古就是中國文人心目中的「四君子」。菊花作為傲霜之花，不僅是中國文人人格和氣節的寫照，而且被賦予了廣泛而深遠的象徵意義。

菊花雋美多姿，不以嬌豔姿色取媚，卻以素雅堅貞取勝，盛開在百花凋零之後，孤高自傲，不與群芳爭豔。人們愛它的清秀神韻，更愛它凌霜獨開，西風不落的一身傲骨。菊花一直為詩人所偏愛，古人尤愛以花喻己，以菊明志，以此來比擬自己的高潔情操，堅貞不屈。英雄志士、高人雅士，以花詠己，賦詩抒懷，賦予

馮瑋瑜在香港故宮文化
博物館

菊花不同尋常的境界。

采菊東籬下,悠然見南山。—晉 · 陶淵明《飲酒》

不是花中偏愛菊,此花開盡更無花。—唐 · 元稹《菊花》

耐寒唯有東籬菊,金粟初開曉更清。—唐 · 白居易《詠菊》

輕肌弱骨散幽葩,更將金蕊泛流霞。—宋 · 蘇軾《趙昌寒菊》

莫道不銷魂,簾捲西風,人比黃花瘦。—宋 · 李清照《醉花陰》

秋滿籬根始見花,卻從冷淡遇繁華。—明 · 沈周《菊》

香江藏富

香港故宮文化博物館清雍正
菊瓣盤展品

由於菊花有如此美好寓意，所以古人也會採用菊紋圖案來製作瓷器，例如宋代
湖田窯青白瓷就的菊紋蓋盒，明代洪武瓷器上的扁菊紋等等⋯⋯菊花紋飾多不
勝數。

以菊花器形而言，聲名之隆，以清代雍正、乾隆二朝的菊瓣盤爲甚，猶其是雍正
御製之十二色菊瓣盤，其造型之精巧，製作之精美，釉色之瑰麗，被後世讚譽爲
一代名品。雍正菊瓣盤型如盛開的菊花，邊呈瓣型，製作難度極大，配備 12 種
不同的釉色，互相輝映，美不勝收。

喜歡收藏瓷器的人，大多以能收藏集齊「康熙五彩十二花神杯」爲美事，可是在

胭脂紅、檸檬黃、紫金
釉 3 種釉色菊瓣盤互相
輝映

近代私人大藏家之中，能收藏集齊康熙五彩十二花神杯的僅數人而已。而對於雍正十二色菊瓣盤，除故宮博物院外，迄今未見有私人藏家能收藏集齊十二色的，可知收藏集齊雍正十二色菊瓣盤殊為不易，難度遠高於收藏集齊康熙五彩十二花神杯，因為雍正十二色菊瓣盤是更為稀缺的名品。

近年的拍賣市場，白色、霽紅色等菊瓣盤也能偶見，都是單件見諸於市場，黃釉的還沒見過，檸檬黃釉更是只聞其聲，不見其物。

2017 年 4 月起春拍序幕拉開後，一個接一個的拍賣活動接踵而至，中國嘉德（香港）瓷器部專家孫維詩小姐傳來訊息：「您會在蘇富比春拍期間過來香港嗎？我們 5 月的春拍收了 3 隻菊瓣盤，有胭脂紅、紫金釉、檸檬黃 3 種釉色，來源清晰，不知道您會不會感興趣，假如您喜歡的話，需要提前安排給您看看嗎？」

香江藏富

啊！菊瓣盤？雍正？檸檬黃？維詩接著傳來了 3 隻菊瓣盤的圖片，真讓人眼前一亮：胭脂紅、檸檬黃、紫金釉，互相輝映，美豔不可名狀——尤其是那隻檸檬黃釉盤。那可是不世出的檸檬黃釉菊瓣盤！

菊瓣盤我當然見過，有雍正的、乾隆的，而檸檬黃釉色的卻從沒見過！何況是雍正朝的，須知雍正檸檬黃釉可是檸檬黃釉裡首屈一指的。我收藏瓷器以來從沒有在拍場見過（據前輩說，幾十年未在拍賣市場上見過）。

據維詩說：3 隻菊瓣盤來源非常清晰，是英國著名古董商馬錢特（Marchant）的舊藏，上一手藏家也是歐洲著名的單色釉收藏家。我們約好在香港蘇富比春拍的前一天到香港皇后大道中遠大廈 30 樓中國嘉德（香港）的辦公室，維詩和林威信（Nicholas Wilson）先生早就在那裡等我了。早就聽說嘉德（香港）聘請了一位有業內資深背景的洋人出任瓷器工藝品部總經理，聞名久矣，也早想結識這位洋人總經理，今天終於見到了。

這是我第一次見到林威信先生。他非常謙和，還能說上幾句普通話，他還說連我們說的普通話也能聽懂大半，因為他太太是中國人。我也湊合著說幾句英文，而維詩本是廣州人，留學英國，英文說得滾瓜爛熟，呵呵，這可熱鬧了，華洋混雜，國語、粵語、英文混聚一堂，嘰嘰喳喳，我們的交流竟是沒有半點違和，異常地暢順。

這 3 隻菊瓣盤，胭脂紅釉異常豔麗，紫金釉純淨漂亮，檸檬黃釉勻淨出塵，前所未見，3 隻菊瓣盤一溜地陳設出來，美得連眼睛都沒個安頓處，顧盼流轉之間，但見美豔不可方物——香江樓中藏此身，不同桃李混芳塵。

林威信先生（Nicholas Wilson）、
孫維詩小姐和馮瑋瑜在欣賞菊
瓣盤

因為自己格愛喜歡檸檬黃釉盤，所以就看得特別認真仔細，只見盤呈菊花瓣形，
淺弧壁，圈足，施檸檬黃釉，修胎精細，胎體堅質細膩，足內亦施檸檬釉，底心
留白一圈書青花「大清雍正年製」楷書款。我見到有一片菊瓣釉面好像有點污漬，
我用手輕輕擦拭，沒有擦掉，不是污漬，難道是修補過的？林威信先生湊過來說
那是原來施釉的痕跡，這片菊瓣沒有問題，反而是另一片菊瓣是有小修補。

我慢慢地轉動了盤子幾圈，光看表面，沒見看到修補的痕跡，也沒有見到明顯
的瑕疵，林威信先生說：「這個小修補，要打燈透過胎骨細看才看得出來。」
維詩拿來手電筒，我就打開手電筒慢慢轉動菊瓣盤，林威信先生指著其中一片
菊瓣說：「就是這裡。」在手電筒的背光透視下，只見約 0.3 厘米大小的胎體
與旁邊胎體略現不同深淺色，這就是修補過的痕跡。如果不打燈，光看釉色，
根本看不出來。林威信先生搖搖頭說：「真是遺憾的事，這是 1980 年代的修補，
由於當時修補水準有限，就把旁邊的地方也做了補釉處理，才會使得修補痕顯

大。如果放在今天，或者根本不用修補，即使修補，水準也高得多，這真是令人遺憾的事。」

「嶢嶢者易缺，皎皎者易污」，一個女子如果太美了，人生就容易坎坷；一件器物越美好越容易出現損傷，天妒紅顏，真遺憾啊！

瑕不掩瑜，這隻檸檬黃釉盤仍舊是豔麗動人。與君初相識，猶如故人歸。這 3 隻菊瓣盤，每一隻都非常精美，教不思量，怎不思量？回家後我徹夜難寐。

一日不見，如隔三秋，第二天上午，我發訊息給維詩：「維詩，我想 3 隻菊瓣盤一起拿，如果把那 3 隻菊瓣盤合起來一個標的上拍，多少錢？」 我是打這樣一個主意：胭脂紅釉盤估價是 350 至 450 萬，檸檬黃釉和紫金釉都是估價 150 至 200 萬，以低估價計，3 隻合起來就是 650 萬。如果合成一個標的，金額較大，跟我競拍的對手就少了很多，如果再跟委託方壓壓價，500 多、600 萬起拍，說不定一二口價就拿下來了。維詩回覆我：「我們要和委託方商量一下可能性，我稍後回覆您。」「不要勉強。」我也裝得挺大度的，內心其實是極盼他們能說服委託方。

翹首以待，過了一個星期，維詩回覆說：「我們向委託方表達了您這個意見，對方也考慮了幾天。首先委託方很感謝您的這個提議，覺得這是對其收藏的肯定，很開心，覺得假如東西最後能被熱愛它們的人收藏，融入到一個成熟的體系裡面，是一個很好的結果。但委託方擔心合號之後能參與拍賣或感興趣的買家會少了，因為委託方對東西本身挺看重的，對價格也有一些期待。假如 3 個合號，我們感覺委託方要求提高底價的可能性很大。假如這樣的話，可能還是單件上更

好，您看現場情況來把握您的競拍節奏，拍場上有很多的可能性，也時有底價舉走的情況。您說呢？」嗟乎！道高一尺，魔高一丈，謀事在人，成事在天。我的小小心思，還是被人看穿了，對方也是對價格有期待。雖然最終沒達到自己想要的結果，努力過就沒遺憾。既然委託方不同意，那我就要有備選方案，最起碼三中選一，只挑合乎自己收藏體系的了。

我收藏器物是隨緣的，不屬於我的，勉強不來。記得我過去曾收藏過一件石灣公仔原作，已經與原藏家談好價錢，一月內付款。我已把器物拿回家中，並專門請師傅上門特別為它訂製了包裝錦盒，一切都弄得妥妥當當。哪知一個月後，原藏家忽然說價格賣低了，我二話不說就把那件石灣公仔送回原藏家，並附送我專為它新訂造的包裝盒。原藏家說要把新做錦盒的錢還我，我說：「不用了，它來了我家一月，這是我為它做的。今日緣分已杳，就當它曾來過我家一回吧。」一年後在某場拍賣會又見到它，器物無恙，錦盒依舊，當年我為它親手所做的標籤仍歷歷在目，而且起拍價遠低於我當時談好的價格。我在拍賣現場看著它流拍，甚為難過：那麼好的東西竟然沒有找到賞識它的人。但我已經心如止水，沒有心思把它買回來，因為畢竟曾入家門卻下堂而去，緣薄如此，夫復何言。既然無緣，不如放過自己，成全別人。「相濡以沫，不如相忘於江湖」。

我並非負氣，而是覺得器物與人是講緣分的，勉強不來。這 3 隻菊瓣盤既然委託方不同意合成一個標的來上拍，那就看屆時拍場情況而定。不再念念，不以物累，靜待風雲再起，如此而已。

兵法有云：善攻者動於九天之上，善守者藏於九地之下。在屬於自己的機會出現之前，我會抱著平和的心態耐心等待。雖說市場機會無限，但是屬於自己的機會

清雍正檸檬黃釉菊瓣盤

有限，自己所能把握的機會更少，所以每次出手，我總是力求致勝，但絕不追高
（志在必得者除外）。對於戰勝了自己的對手，抱著欣賞的態度，人間亦有癡於
我，有此等同道之人，可知我輩不孤，云胡不喜。

2017 年 5 月 28 日，中國嘉德（香港）春拍預展在香港金鐘萬豪酒店舉行，這 3
隻菊瓣盤成為春拍圖錄的封面的重點拍品，展場有大幅廣告。我在預展現場再次
上手檸檬黃釉菊瓣盤，這是我第三次見到這幾隻菊瓣盤了，除了在嘉德（香港）
總部首次外，這幾隻菊瓣盤也到廣州參加過「中國嘉德 2017 春拍精品展廣州站」
的巡展活動。在不同的時間上手這件菊瓣盤，每次的感覺都相當不錯：燦若秋菊，
趣出秋聲外。

嘉德（香港）的林威信先生和孫維詩小姐再次陪我在展場貴賓房一起鑒賞拍品，我對每一件都看得很仔細，對這幾隻菊瓣盤，我向維詩打聽流傳記錄及上一手藏家的名字。維詩介紹說：這位歐洲藏家是非常著名的大藏家，也主要收藏單色釉器物，蘇富比和佳士得也有向他徵集拍品。基於對送拍方的保密義務，很遺憾不能透露對方的姓名。

拍賣會於 30 日上午舉行，我早早到場，挑了個後排的位置，在前面拿下兩件拍品後，就快到菊瓣盤了，這時候，忽見香港著名收藏家、懷海堂主人鍾棋偉先生進來了，難道地主又要來搶糧了？

記得在 2016 年 11 月 29 日，香港邦瀚斯秋拍，那一季秋拍的「顯赫歐洲私人珍藏御用瓷器」裡有一組黃釉瓷器，非常吸引人，其中有一對口徑爲 40.6 厘米的雍正刻五福捧壽盤，尺寸之大，非常罕見，但兩隻都有非常大的毛病，一隻口沿有長達 15 厘米多的缺失，後補胎修復，由於尺寸碩大少見，故上手看的人很多。我估計由於瑕疵太大，行家擔心日後再難於出手，所以沒有行家會看中，只有藏家感興趣。即使像我這樣專門收藏黃釉瓷器的也有顧慮，左思右想，便徵求香港著名中國古陶瓷鑒賞家黃少棠先生的意見，黃先生說：「東西是對的，作爲一個少見的大尺寸雍正黃釉盤，可以入藏你的黃釉系列，但要控制價格，畢竟兩件都有重大瑕疵。」

開拍前 10 多分鐘，黃先生再次來電叮囑：「要控制價格。」我問：「如果以行家的眼光，多少價錢可以接受呢？」「拍賣行的估計是 60 到 80 萬，還是在估價內吧，超過 80 萬就過高了。」有黃先生陣前面授機宜，我心中有底了。拍賣時我坐在最後一排，此對盤由 50 萬起拍，場上沒見到有什麼人舉牌，可拍賣師卻接連報價上去，由 60 萬競到 80 萬了，奇怪，我怎麼沒找到跟我競

價的人呢？我已經是最後一排呀？前面找不到，我扭頭後望，站在座位後的也疏疏落落的沒幾人，著名的望星樓主人張顯星先生站在右邊，左邊是香港著名收藏團體敏求精舍會員的鍾棋偉先生，咦，他剛才不是坐在我右邊那排的嗎？沒留意他什麼時候離開座位跑到後面站著了，他見我扭頭四處看，就笑著點點頭打個招呼。這些都是老熟人了，就沒找到是哪個人跟我爭，我繼續舉牌……

過了 100 萬了，早就過了黃先生的建議價了，可競價還在繼續。真奇怪，誰跟我爭？競價繼續……我舉到 150 萬，我舉牌出完價後乾脆扭頭看著後面，看看到底是誰？哦，終於發現了，牌子很隱蔽地夾在圖錄下面，當雙手放平圖錄時，牌子覆蓋在下面，旁人瞧不見。當拿起圖錄時，背後的牌子就翻出來了，拍賣師一眼能看到，然後迅即放下——原來是鍾先生！這樣舉牌真妙啊！手輕輕一翻就是出價，放下時旁人還以為他在看圖錄，怪不得剛才老找不到是誰跟我競價呢。這時鍾先生又加一口價，160 萬。

離競拍前自己的預設價高出一倍，說心裡話，那對大盤除了碩大少見外，與我「品相完美」的收藏要求還是有落差的，特別是看見鍾先生悄悄地躲在我後面舉牌，臉色漲得通紅，一副志在必得的神情，一來他是前輩，二來也已經到這個價格了，讓他三尺又何妨，我遂放棄，最後鍾先生以 160 萬，高出我一口價，奪得雍正黃釉大盤。

當晚，我跟黃少棠先生一起晚飯，正複盤檢討這場拍賣的得失，鍾先生的電話打來給黃先生，興奮地說下午在邦瀚斯競得那對雍正大盤。黃先生笑著說：「你的競價對手正在我這裡呢，你們聊聊嗎？」徵得鍾先生同意，黃先生把電話遞給我。鍾先生非常客氣地對我說：「真的對不起啊，知道

懷海堂鍾棋偉先生（中）、明成館黃少棠先生（左）
和自得堂馮瑋瑜在「御案存珍」展覽合影

你專收黃釉，可我因為要辦一個以『壽』為專題的展覽，這對盤是非要不可的，對不起啊！」「您客氣了！那對盤確實難得，恭喜您！希望您的展覽能盡快成功舉辦。」

黃先生說：「看樣子，就算你舉到 200 萬，鍾先生也非跟你爭下去不可。」「這樣的結果也挺好的，也不用鍾先生多花錢，物歸有緣人，我也不遺憾。」

第二天早上是香港蘇富比秋拍，我跟鍾棋偉先生在蘇富比的貴賓室裡又相遇了，甫一見面，鍾先生再次表示歉意，他也太客氣了，彼此都是熟人，拍場上價高者得，沒有誰欠誰的，我毫不介懷，依舊談笑春風。

香江藏富

今天他又來到嘉德拍場，真是藏家之間常說的「拍場上見」啊！這也難怪，這3隻菊瓣盤，是2017年中國嘉德（香港）春拍的封面拍品，是重點推介的對象，在嘉德的大力宣傳下，藏家同時看上也很正常，即使沒有鍾先生，難道就不會有其他人嗎？競爭在所難免，且看中原逐鹿，誰人問鼎。

當拍賣輪到菊瓣盤上拍時，檸檬黃釉盤率先上場，我首位舉牌應價……良久，沒人跟進，拍賣師有點失望地敲槌了——我竟以底價競得，連自己也覺得意外，早就做好了打硬仗的心理準備，沒想到輕易而得——鍾先生也不爭了？ 緊接著胭脂紅釉菊瓣盤流拍了，我心中一陣竊喜：如果連紫金釉盤也是流拍，那麼拍後就可以在拍賣後再跟委託方談談場外成交，以更便宜的價錢把3隻菊瓣盤全部拿下，那就如願以償了。

接著到了紫金釉盤上拍，拍賣師叫了幾下，沒人應價，拍賣師準備收槌了，我掩口正要笑出來，就在這時，突然有人舉牌應價了！哎喲，壞了！紫金盤也是以底價落槌，被他人競得。

完了！曾經有過的一番苦盼，隨著紫金盤底價成交，終於夢碎，三盤合聚之想已杳。世間不如意事常十之八九，可惜！可歎！

彩雲易散琉璃脆，3隻曾經珠聯璧合的菊瓣盤，互相輝映著才顯出特別的光彩。那麼閃亮眩目，僅僅幾天之後，從此各散東西，此後各有各的歸宿，各有各的造化，別時容易見時難，今日的榮光，他日只能於記憶中尋覓。此後形單隻影，沒了互相襯托，只得孤芳自賞。

有些人，走著走著就散了，連個告別也沒有，從此參商不見，我們對此也往往習

觀古－瓷器珍玩工藝品
Fine Chinese Ceramics and Works of Art

CHINA

預展 Prev

May 27　5.
May 28　5.

拍賣 Auct

May 29　5月

10:00 am

1:00 pm

2:00 pm

8:00 pm

May 30　5月30

10:00 am

3:00 pm

4:00 pm

中國嘉德拍賣董事總裁兼 CEO 胡妍妍女士和馮瑋瑜

以爲常，生活的無情莫過於此了。等閒離別易銷魂，不如憐取眼前人，我長歎一聲，轉念又想到：探驪得珠，三取其一，於願亦足，何必抱憾。心情又轉爲歡快。

剛出拍場，碰見了中國嘉德國際拍賣有限公司董事總裁胡妍妍女士，看見我一副喜滋滋的神情，胡總問我：「拍到什麼寶貝了？」「我把封面那隻雍正檸檬黃菊瓣盤拿下了。」「哎喲，太好了！大家都說那幾隻菊瓣盤非常好！」當然是好！那是本期嘉德香港春拍的封面拍品，當然是百裡挑一的精品，花落奴家，喜不自勝！

我拉上胡總，馬上到拍賣大廳門口的巨幅廣告前拍個照片留念，那廣告正是 3 隻

菊瓣盤，胡總還建議說：「我們手捧著檸檬黃菊瓣盤，不就更好？」真是行家裡手，在藝術圈浸潤多年的胡總太有藝術眼光了，我們倆就拍攝了一幅特別有意義的照片，兩人手捧菊瓣盤，笑臉如花，喜氣盈盈，記錄了這個興奮的時刻，記錄了我們的友誼，記錄了我與嘉德長久的緣分。

第二天，佳士得香港秋拍的瓷器專場又開始了，在佳士得的貴賓休息室又遇見了鍾棋偉先生，他首先恭喜我競得檸檬黃菊瓣盤，然後補充說明：「昨天的檸檬黃菊瓣盤，看見你舉牌，我就不跟你爭了。」我連連道謝，真的太感謝了！謝謝鍾先生成全！去年邦瀚斯一戰，我曾讓給他，今日鍾先生回報於我，因果相報。我問起了他展覽的事，鍾先生說：「已經在密鑼緊鼓籌備中了。」

同時在座的還有著名中國古陶瓷鑒賞家、永寶齋齋主翟健民先生，翟健民先生從事古董行業40多年，聲名卓著，可以說在古董界無人不知、無人不曉，翟先生是古董界數一數二的大佬級人物，我景仰翟先生很久了，這天圍坐一起，指點江山，評論藏事，談起這隻檸檬黃菊瓣盤，翟先生說：「這件東西收得非常好！真有眼光！」鍾先生說：「買了個封面，當然是好極了！」翟先生又說：「我看，馮小姐的單色釉收藏系列可以說是國內第一了。」翟先生過獎了，我是晚輩，收藏之路還很漫長，還得向在座兩位高人學習。

那幾天在香港碰到的藏友，紛紛道賀，無不稱讚我入藏這隻檸檬黃釉菊瓣盤真是眼光精準，出手果斷，名花終歸美人持。

據《清檔・雍正記事雜錄》雍正十一年記載：「十二月二十七日，年希堯家人鄭天賜送來各式菊花色瓷盤十二色（內每色一件）呈覽。奉旨：著江西燒造瓷器

著名中國古陶瓷鑒賞家翟健民先生和馮瑋瑜

雍正檸檬黃釉菊瓣盤宛若一朵秋日黃菊，清麗脫俗。

匀淨，亦稱為「西洋黃」、「洋黃」，始創於雍正朝。

雍正檸檬黃釉器物存世稀少，多為小盤小碗。而菊瓣盤器形周正傳神，體現了當時高超的修胎水準，傳世極少，香港故宮文化博物館展出的 12 件展品可與之比較。以單色釉著稱的雍正官窯中，菊瓣盤常為後人稱道，設計精巧，線條優美，體現了對器形與釉色的極致追求，成為雍正官窯經典作之一，歷來都受到中外大收藏家們的珍愛。

半個多月後，維詩忽然來電，說她這幾天正在英國，在著名古董商馬錢特的店裡，發現馬錢特在 2010 年出版的舊圖錄裡第 66 頁、圖 38 就是這隻檸檬黃釉盤，這

是一個非常好和非常難得的出版記錄，問我是否需要馬錢特圖錄。這是求之不得的事啊！我趕緊對維詩說：「買買買！快快快！」維詩笑著說：「不用買，我跟他拿一本就是了。回來後我送給您。」

真是喜出望外，居然連 2010 年的馬錢特圖錄也找到了，可知當年馬錢特也是極為注重這隻檸檬黃釉盤的，否則就不會入選圖錄了，更難得是嘉德的孫維詩小姐，檸檬黃釉菊瓣盤已經拍賣完畢，還留意到舊圖錄的記載，真是有心人啊！而且她更專門從英國把圖錄帶回來給我呢。

後來我在香港會展中心為拙作《藏富密碼》舉辦新書香港發佈會，馬錢特先生來

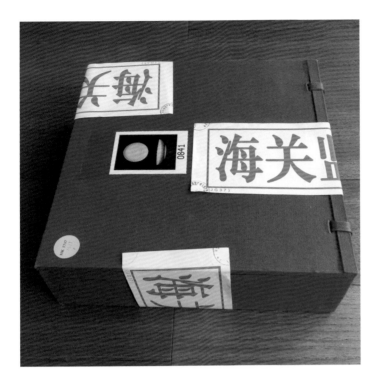

雍正檸檬黃釉菊瓣盤報關時海
關的封條

到現場，他一邊翻看我的新書，一邊笑著說：「這件原來是我的，那件原來也是我的……」原來我的藏品裡，有多件曾經是他遞藏過的，今日新舊主人聚在一起，談起這些藏品，有種特別的情義，也分外的開心。他還跟我說：「以後你不用到拍賣公司買了，到我們店裡買就行了。」說完還對我眨眨眼，真逗！這猶太商人的生意腦筋真夠靈活啊！

這隻雍正檸檬黃釉菊瓣盤存世稀少，流傳有緒，名家遞藏，市場少見，還有出版記錄──萬千寵愛在一身！它雖沒有牡丹的國色天香，沒有水仙的冰清玉潔，它細柔有致，勻淨得沁人心菲，讓人心靈更純淨，頃刻間逃離了塵事，分享著那抹檸黃帶給人的舒心愜意，不亦快哉。

因爲準備到景德鎮做展覽，這隻菊瓣盤需要報關入境，我向廣東省文物鑒定站潘鳴皋老師諮詢近期的文物出入境政策，像上次在北京做「皇家氣象——自得堂藏御窯黃釉器特展」時，部分展品也需辦理報關入境，事前需瞭解相關政策，而廣東省文物鑒定站是負責檢查文物進出口，所以我事前都會諮詢潘鳴皋老師，他是省文物站的資深鑒定專家，也熟知政策，我認識潘老師多年，他樂於提攜後輩，一直無私地幫助我，每問必答，解釋透徹，他是我的良師益友，他對我的藏品一直讚賞有加。

這隻菊瓣盤在省文物鑒定站拆開海關封條後，潘老師拿出來鑒定，潘老師感慨地說：「這是大開門的東西，我們鑒定站也是第一次見到這麼好的東西，大飽眼福啊！」他還叫文物站的年輕人快快過來，快看看這件幾十年難得一見的寶物。

雲山珠水，花城秋菊，一盤如花，一花如昨，多少童年記憶、多少少女情懷，又到眼前……年年歲歲花相似。藍天白雲，秋花照水，天地有大美而不言，一盤如秋水凝徹，不染纖塵，但見黃花開處，秋色瀲灩，滿屋生輝。舊時月色算幾番照我？長記曾攜手處，黃花壓珠水寒碧。

香江藏富

藏品簡介：檸檬黃釉菊瓣盤

年代：清代雍正

款識：「大清雍正年製」雙圈六字三行青花楷書

尺寸：17.5 厘米

來源：1. 法國 De Ganay 家族舊藏

2. 英國古董商馬錢特舊藏

3. 歐洲重要私人珍藏

4. 2017 年 5 月 30 日中國嘉德（香港）春季拍賣會封面拍品　編號 841

著錄：1. 廣東人民出版社《藏富密碼》第 4 章第 183 頁

2. 文物出版社《黃承天德——明清御窰黃釉瓷器出土與傳世對比珍品展》

「綠如春水初生日，紅似朝霞欲上時」，多美的詩句，詩情畫意，閉著眼睛想像一下也讓人陶醉。這不是我在吟風弄月，這是清代詩人洪北江專門為一種瓷器釉色吟詠的句子，詩句美，釉色更美！世間也只有那一種釉色，可謂當之無愧，那就是——豇豆紅釉。當 3 隻同樣大小而釉色變幻各異的豇豆紅釉鏜鑼洗陳展在一起時，更是美得奪人心魄。

2022 年 10 月 3 日，在香港會議展覽中心，一場名為「御案存珍——竹月堂、明成館、自得堂藏清初三代御窯單色釉文房瓷器展覽」隆重舉行開幕式，香港特別行政區立法會議員、港區人大代表團團長馬逢國、港區人大代表馬豪輝、香港特別行政區立法會議員林筱魯、嶺南大學協理副校長、香港特別行政區立法會議員劉智鵬、中國嘉德（香港）董事總裁胡妍妍、聯合出版集團副總裁吳靜怡、三聯書店（香港）總編輯周建華、德國駐香港總領事施懿德女士（Mrs. Stefanie Seedig）、法國駐香港及澳門副總領事馬克・拉米（Mr. Marc Lamy）、以色列駐香港總領事藍天銘（Mr Amir Lati）、竹月堂主人簡永楨先生和明成館主人黃少棠先生等出席開幕式並參加剪綵，我很榮幸也在其中。

這是專門為慶祝嘉德香港成立 10 周年慶典活動而舉辦的展覽，展品都專門挑選出來的，在讓人目不暇給的展品裡，有一組展品特別出彩，那就是以 3 隻豇豆紅釉鏜鑼洗組成的一組展品。因為竹月堂、明成館、自得堂各自藏有一隻康熙豇豆紅釉鏜鑼洗，它們同時參加展覽，陳設在一起，一組三器，萬千風華，佔盡風流。

由於豇豆紅釉的特徵就是每一件的釉色都是不同的，就像人的指紋一樣，沒有兩件是完全一致的。形容豇豆紅釉色「綠如春水」和「紅似朝霞」，似乎是兩種完全不同的釉色，實質上它們都是豇豆紅的釉色特徵。豇豆紅釉還有更多的名稱被人用來形容它的釉色。

馮瑋瑜參加「御案存珍」展覽剪綵儀式

豇豆紅本是銅紅高溫釉中的一種，因其釉質勻淨細膩，含有粉質，色調淡雅宜人，以不均勻的粉紅色、造型輕靈秀美而得名。又因其淺紅嬌豔之色，似小孩的紅臉蛋，或如三月粉紅桃花，又如美女微醉之紅頰，故又被人稱爲「娃娃臉」、「桃花片」、「美人醉」等。這些名字形象而傳神。《景德鎮陶瓷》1974 年第 1 期中有一篇〈釉裡紅與桃花片〉有這樣的介紹：「淡者稱粉紅，粉紅中略帶灰色的叫豇豆紅；灰面又暗的叫乳鼠皮，最豔麗的稱美人醉；在粉紅之中有綠點的稱爲胎點綠；綠點成片的又叫做蘋果綠；色淡一點的叫蘋果青；粉紅色稍有積紅塊的叫孩兒臉。」

雖然同爲銅紅色釉，由於在燒製時氧化還原顏料的程度不同，因而呈現出不同的

色彩，所以，豇豆紅還有許多不同的叫法：通體一色、潔淨無瑕的為最上品，叫「大紅袍」；稍次者，有綠斑點點，顏色深紅，宛如貴妃醉酒的，叫「美人醉」；再次者，顏色稍淺，呈粉色或者豔色，宛若瓣瓣桃花的，叫「桃花片」；再下者，顏色淺而渾濁不通透，叫「榆樹皮」或「乳鼠皮」；最下者，顏色灰黑不均，出現黑釉摻雜的，叫「驢肝」或者「馬肺」。聽名字就能辨別出瓷器的貴賤程度。當然，蘿蔔青菜，各有所愛，有人喜歡大紅袍的渾然一色，也有人喜歡紅中泛綠的詩情畫意。

豇豆紅燒造難度於銅紅釉中最高，銅紅顯色已是不易，要控制到這般色度就更難了。在燒製過程中，首先用還原焰燒成紅色釉，再放入稀薄的空氣，使釉層表面

的銅氧化，氧化的銅呈現綠色，使得釉面紅中泛著綠色斑點，紅綠相映，恰如詩中所描述的「綠如春水初生日，紅似朝霞欲上時」。

豇豆紅顏色出處，源於豇豆的本來色彩。所謂豇豆紅是指一種介於濃淡之間的淺紅色釉色。它素雅清淡、柔和悅目，類似豇豆的顏色而得此名。豇豆紅釉燒造難度很大，專供宮廷御用，因此極為珍稀。在明清兩代的紅釉瓷器中，明代永樂宣德朝的「寶石紅」、清代康熙朝的「郎窯紅」、「豇豆紅」，釉色鮮豔，獨樹一幟，備受人們推崇，豇豆紅比郎窯紅更為名貴珍罕。

中國瓷器發展到清代的康雍乾時期（即人們日常常說的「清三代」），步入了瓷器燒造的另一個高峰。在郎廷極、唐英的督陶下，清三代瓷器不僅復古，也在創新，豇豆紅就是在康熙晚期創新燒造出來的新品種。

由於燒造難度極大，因此豇豆紅沒有大件器，均為康熙朝的御用之物，十分名貴。康熙豇豆紅器以文房用具為主，常為一套八件，俗稱「八大碼」。傳世品以菊瓣瓶、柳葉瓶、螭龍瓶、萊菔尊、太白尊、蘋果尊、鐳鑼洗、印泥盒、水盂等文房用具為主，器身最高不超過 20 厘米左右，造型輕靈秀美，有的還暗刻蟠螭紋或團螭紋作為裝飾。器物底部施透明釉，有「大清康熙年製」青花六字楷書款。

在歷代皇帝御製官窯器中，釉色唯豇豆紅者每件品相懸殊，無一雷同，皆因釉色對窯爐氣溫極為敏感多變，工匠不能把握控制所致。

豇豆紅釉色裡的大紅袍固然很好，我卻特別喜歡豇豆紅裡較淺那種，近似三月桃花紅的那種釉色。自幼學過陶淵明的《桃花源記》：「……緣溪行，忘路之遠近。忽逢桃花林，夾岸數百步，中無雜樹，芳草鮮美，落英繽紛……」閉著眼睛遐想：

豇豆紅釉太白尊、蘋果尊、萊菔尊、菊瓣瓶、柳葉瓶、盤螭瓶、印盒、鏜鑼洗八件套組（俗稱八大碼）

一片桃花盛開，芳華灼灼，微風輕拂，落英繽紛，桃花流水窅然去，別有天地非人間……那種景致令人何等地嚮往。一個單色釉瓷器的愛好者，一個纖纖女子，對這種誘人的三月桃紅色，怎會不心動呢？

但心動歸心動，豇豆紅瓷器的價格，卻是沒得好商量的，一句話：不便宜。越是釉色漂亮，越是價格昂貴。價高也得要！我發了心願：非得收個回來賞玩不可。雖然頭髮長，見識不高，也不至於要蠻幹。釉色精美、器形完整、流傳有緒，這是我堅定不移的三項基本原則。

豇豆紅釉是一代名品，仿品自然也多，晚清、民國以至現代，都高仿無數。所以購藏豇豆紅器，要擦亮眼睛，最好是大藏家釋出的，流傳有緒，以免打眼。更重要一點，還要合眼緣的。這些年，拍賣場不時見到的豇豆紅瓷器，以太白尊、印盒較為常見，可惜總是沒碰上合眼緣的，緣分的東西，可遇而不可求。直到

2013 年 11 月 27 日佳士得香港秋拍，一隻編號爲 3488 的豇豆紅鏜鑼洗終於出現了，該洗器形小巧，釉色極爲可愛，更爲特別的是，一器之內，豇豆紅、桃花紅、乳鼠皮、綠苔點，諸色俱備，晶瑩勻和，眞是人見人愛，花見花開。通體一色的「大紅袍」固然難得，而一器之內諸色俱備同樣是罕見。

據佳士得介紹，這隻鏜鑼洗，是有顯赫來歷的：它是 Brodie Lodge 舊藏；1968 年 12 月 10 日於倫敦蘇富比拍賣，編號爲 127 號；1982 年 5 月 19 日於香港蘇富比拍賣，編號爲 264 號；2010 年 9 月 17 日於佳士得紐約拍賣，編號爲 1403 號。它還參加過以下展覽：1948 年 10 月曾在倫敦東方陶瓷學會舉辦的「明清單色釉瓷器」展覽（Monochrome Porcelain of the Ming and Manchu Dynasties），編號爲 77；1979 年在英國牛津大學阿什莫爾博物館舉辦的「The Chinese Scholar's Desk」展覽，編號爲 24。

香江藏富

倫敦東方陶瓷學會是全球瓷器收藏界影響力最大的團體，成員以歐美重要藏家和鑒賞家爲主，該學會經常舉辦展覽和學術討論，對中國古陶瓷研究之深令人驚歎，在陶瓷收藏領域具有權威性。而這隻鐋鑼洗在 1948 年就已經在該學會展覽了，那時新中國還沒建立，再過幾十年後，我才來到人間。

根據半個多世紀以來一連串的展覽和拍賣記錄，這隻鐋鑼洗的真贗毫無疑問，那麼品相是否符合自己的要求呢？經我自己上手過，也查過佳士得的《品相報告》得知，該器沒有被修補過。

這隻鐋鑼洗釉色非常豐富，外施豇豆紅釉，嬌豔粉嫩，變幻莫測。既有宛如豇豆之紅色，又在匀淨的粉紅色之中漸變深紅色，還有在桃紅色中又泛有點點綠斑，釉色極爲豐富絢麗，匀和晶瑩透亮，正所謂「滿身苔點，泛於桃花春浪間」，可愛極了，真讓人一見傾心

——就是它了！苦等幾年，與豇豆紅的緣分到了。

記得曾看過香港才女林燕妮寫的一篇評論《神雕俠女》的文章，題目是「一見楊過誤終身」。陸無雙、程英、綠萼、郭襄，個個都是人間至善美好絕倫的女子，卻都孤獨終老。千萬個瓊瑤的千萬句山盟海誓生離死別，不及金庸筆下這幾個美女的守身如玉、思念終身的一片癡情讓人感動。「問世間，情爲何物，直教人死生相許。」唉，每每掩卷歎息：遇上一個很有魅力、令自己魂牽夢縈的人，是畢生的安慰。然而，得不到他，卻是畢生的遺憾，除卻巫山不是雲，沒有人比他更好。可是，他卻永遠不能屬於自己，那唯有擁著他的記憶過一生了！郭襄就是這樣，風陵渡口初相遇，一見楊過誤終身。16 歲這一年，郭襄走完了愛的一生，以後的歲月，全部用來回憶。

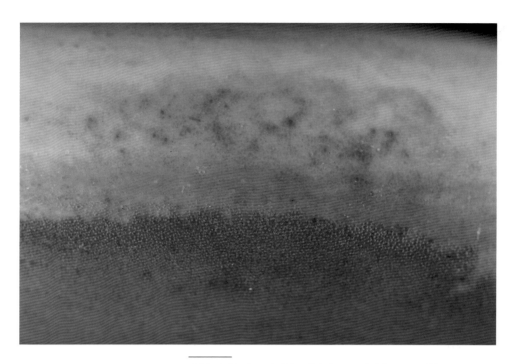

「綠如春水初生日，紅似朝霞欲上時」，馮瑋瑜藏豇豆紅釉鐋鑼洗釉色之美。

當我一見到這隻豇豆紅釉鐋鑼洗的釉色，猶如「一見楊過」似的，心旌盪漾，魂牽夢縈。我可不能「誤終身」啊！我發了狠心：一見「楊過」不錯過。結果是拿下來了，當然是經過血拼的。幾年等待的寂寥，一朝得償所願，那幾天走起路來都飄飄然的。有名器相伴，以後的歲月，不須用來回憶了。

到佳士得香港公司提貨的時候，佳士得香港高級副總裁曾志芬和副總裁陳良玲二人一起出來接待我，在交接檢驗器物時，曾總拿起這隻鐋鑼洗，一邊看一邊讚歎：「發色真好啊！特別是下腹部，標準的豇豆紅釉色！」在一旁的陳良玲接過來愛不釋手般地說：「好可愛呀，你買得真好。」那時候，陳良玲還沒主持拍賣，還在瓷器及藝術品部。她人長得高挑漂亮，一口國語帶著臺灣口音，

佳士得香港高級副總裁、中國瓷器及藝術品部主管曾志芬小姐（左）、唐晞殷小姐（中）和馮瑋瑜

語音溫軟，尤其是待人接物時，未語先笑，很得藏家們喜歡。近幾年，陳良玲更多以佳士得拍賣官出現，並成為跨出收藏界的網紅，她主持拍賣時英語、國語流暢切換，極大地方便了內地藏家，也適應越來越多內地藏家參加佳士得拍賣的趨勢。她在拍賣臺上，舉手投足之間，頗具知性溫婉，但喊價時乾脆利落，毫不拖泥帶水，偶爾來調侃，開個無傷大雅的玩笑活躍氣氛。例如當在激烈競到高價位，我準備放棄時，她忽然對我來一句關心：「你真的不買了嗎？」逗得全場都笑起來。

我與曾志芬也相識多年了，記得有一年，我在廣州舉辦「融熙文化大講堂」，專請曾志芬帶領佳士得香港專家團隊到廣州作講座嘉賓，這也是佳士得進駐亞洲多

年來，第一次在內地舉辦講座活動。佳士得對合作方背景（也就是對我、以及我的公司）進行了深入的調查，確認我是可信賴的合作方，而且沒有利用佳士得品牌從事商業目的的活動，活動本身沒有讓佳士得品牌受損等諸多情形下，才同意與我合作共同舉辦活動。這個背景調查過程讓我深刻地感受到佳士得對合作方、對活動細節的要求近乎苛刻的地步。成功非僥倖，一個成功存續 250 年的企業對工作就是這樣嚴謹的。曾志芬 1992 年進入佳士得工作，一步步成長起來，現為佳士得中國瓷器及藝術品部國際董事，過眼的古董器物不知凡幾，她的眼光自是非同尋常，語言風格表述也是嚴謹的。

豇豆紅由它誕生的那一刻起，就被皇家及文人墨客所追捧，更是歷代收藏大家珍之又珍的品種。此洗斂口，矮扁腹，淺圈足，造型小巧玲瓏，線條流暢，胎體緻密細白。內壁、底部施白釉，略泛淡青色；外施豇豆紅釉，嬌豔粉嫩，豇豆紅、粉紅、深紅互相交錯點染，變幻莫測，還有在桃紅中又泛有點點綠苔，釉色豐富絢麗，勻和晶瑩通透。外底心書有青花「大清康熙年製」六字三行楷書款，字體俊秀，佈局疏朗。

這隻鎧鑼洗小巧怡人，淡恬文靜，神韻獨到，桃花春浪，頗有意趣，一點也不負「綠如春水初生日，紅似朝霞欲上時」的評價。拿在手上賞玩，令人尋味不已，真為文房清玩雋品也。

豇豆紅本是一種濃淡相間的淺紅色，宛若桃花般豔麗，紅釉中多帶有綠色的苔點，這種綠色苔點本是燒成技術上的缺陷，但在渾然一體的淡紅中，摻雜點點綠苔斑，反而顯得幽雅清淡，柔和悅目，給人美感，引人遐思。

清代《南窯筆記》記載，豇豆紅乃是以細竹管蒙細紗布蘸釉汁吹上器物坯體，須

馮瑋瑜藏康熙鐙鑼洗底部

吹數十層，而每層極薄，工藝極其細緻精巧。由於吹釉的層次不同，在燒成後釉面必將出現水漬般的痕跡；高溫銅紅釉是化學性質最活潑敏感的，它在氧化焰中呈綠色，在還原焰中呈紅色，故掌握窯溫與氣氛也特別複雜困難，致使這種釉色能在紅綠之間形成微妙的變化；更由於釉料中含有微量的銅，在燒成過程中氧化而產生綠色的斑點，猶如苔點，在渾然一體的紅釉中摻雜星點綠斑，相映成輝，有如紅霞滿布之中點綴了星星點點的綠色寶石，令文人雅士和收藏家們賞玩時產生無限的浪漫遐想。

《飲流齋說瓷》評述：「豇豆紅之所以可貴者，瑩潤無比，居若鮮若黯之間，妙在難以形容也。」此評語最合我心，豇豆紅兼容絢爛與含蓄之美，把生命的律動

曹建文先生在自得堂
鑒賞清康熙豇豆紅釉
鏜鑼洗

和藝術的創造結合得如此完美和諧。還原了生命和自然的純色，幽致雋永，變幻莫測，真的是「妙在難以形容也」。

2016 年 6 月，景德鎮陶瓷大學教授、博士研究生導師、中國陶瓷文化研究所陶瓷與考古研究中心主任曹建文來廣州，專門到自得堂觀賞我所藏的瓷器。有朋自遠方來，不亦樂乎。景德鎮陶瓷大學是中國陶瓷類別裡等級最高的大學學府，而曹教授又是卓有建樹的學者，是該校的古陶瓷研究的學術帶頭人。他對明清御窯有很深入的研究，著有多部學術著作。對於這隻豇豆紅鏜鑼洗，曹教授讚不絕口，邊上手看邊在感歎：「當年好東西都上貢進京了，留在景德鎮的都是未達標準的淘汰品，而且還被特意砸爛，不留下完整器，只剩碎瓷片。這隻豇豆紅多好啊！胎土非常細密，釉色更是漂亮得不得了，晶瑩可愛。能在你這裡看到這麼好的豇豆紅器，大飽眼福啊。」

2018年7月28日至8月27日，廣東省博物館為我的個人收藏舉辦「五色祥雲——自得堂藏宋元明清單色釉瓷器展」，經眾多專家選定，這隻豇豆紅釉鏜鑼洗作為重點展品陳設在一個獨立展櫃裡，在展櫃柔和燈光的映照下，只見釉色美若桃花，風華綻放，吸引不少人駐足圍觀。

這隻鏜鑼洗的豇豆紅釉確是我所見發色非常好的整器之一。由於豇豆紅釉燒製受條件所限，僅見於康熙一朝，所燒之器皆為宮廷御用之物，傳世非常有限。康熙朝以後，豇豆紅釉燒製技藝失傳，使這一品種更加彌足珍貴。19世紀時，歐洲人稱豇豆紅為桃花紅（Peachbloom）。在19世紀中後期，美國人、英國人對豇豆紅器物非常喜愛，常不惜巨資購買，致使上世紀早年豇豆紅瓷器大量流散海外，如美國紐約大都會藝術博物館就收藏有約77件豇豆紅瓷器，比內地各博物館收藏品的總和還要多。

這隻鎧鑼洗流傳有緒，在上世紀初已在倫敦東方陶瓷學會展覽，留有記錄，而每一次遞藏，都在蘇富比、佳士得留下成交記錄。由有流傳記錄起計，它飄零在異國番邦已有 70 多年以上，雖因天生麗質而得精心照顧，宛若新光，但離鄉別井 70 多年了，舉目之間，盡是黃髮碧眼的洋人，與中土故人殊異，想美人妝樓顒望，念故鄉渺邈，歸思難收。「楊柳枝，芳菲節，可恨年年贈離別。」一葉隨風，身不由己，歎年來蹤跡，何事苦淹留？因機緣巧合，得我纖纖素手，攜它回歸中土故里，仿若文姬歸漢，想必它必是千依萬願的——此夜曲中聞折柳，何人不起故園情？

豇豆紅又稱美人醉，「解貂換美酒，半與美人醉。留半伴山翁，深夜談世事。」有美人陪伴共此一醉，是人生一大樂事；有「美人醉」陪伴賞心悅目，也是人生一大樂事。前者娛情，後者悅心，舞低楊柳樓心月，歌盡桃花扇底風。

美人醉，醉美人。它伴我，我伴它。

一抹桃紅，名花相映，它醉，我也醉。醉裡挑燈看美人，夢回紅燭昏羅帳。

永夜未央。

藏品名稱：豇豆紅釉鏜鑼洗

年代：清代康熙

款識：「大清康熙年製」六字三行青花楷書款

尺寸：11.6 厘米

來源：1. Brodie Lodge 伉儷舊藏

2. 1968 年 12 月 10 日倫敦蘇富比拍賣會　編號：127 號

3. 1982 年 5 月 19 日香港蘇富比拍賣會　編號：264 號

4. 2010 年 9 月 17 日佳士得紐約拍賣會　編號：1403 號

5. 2015 年 11 月 27 日佳士得香港秋季拍賣會　編號：3488 號

展覽：1. 1948 年 10 月倫敦東方陶瓷學會「明清單色釉瓷器」展覽　編號：77

2. 1979 年英國牛津大學阿什莫爾博物館「The Chinese Scholar's Desk」展覽　編號：24

3. 2018 年 7 月 28 日至 8 月 27 日廣東省博物館 《五色祥雲——自得堂藏宋元明清單色釉瓷器展》　編號：5

4. 2022 年 10 月 3 日至 10 日香港會議展覽中心《御案存珍——竹月堂、明成館、自得堂藏清初三代御窯單色釉文房瓷器展覽》　編號：2

著錄：1. 《五色祥雲——自得堂藏宋元明清單色釉瓷器展》　編號：5

2. 《御案存珍——竹月堂、明成館、自得堂藏清初三代御窯單色釉文房瓷器展覽》編號：2

第七章

趙宋定瓷天下白

一隻北宋定窯刻
雙魚紋大碗入藏記

近代大學者陳寅恪先生曾說過：「華夏民族之文化，歷數千載之演進，造極於趙宋之世。」趙宋王朝推崇簡約抽象之美，這一理念深入到社會的方方面面，宋人嚮往返璞歸眞、淡恬靜悠的生活方式，這些都體現在了宋代瓷器上。宋瓷以素淨優雅爲美，追求器形簡潔，釉色純淨，不張揚不做作，於純淨之中傳遞美感。宋瓷一直爲後世喜愛與推崇。

宋瓷是中國瓷器史上的一座高峰，「汝、官、哥、定、鈞」五大名窰名傳天下。五大名窰以釉色取勝，千百年來受文人士大夫的喜愛，爲後世所推崇。

汝瓷傳世只得區區幾十件。故宮博物院在 2015 年 9 月 29 日至 2016 年 8 月 31 日舉辦的「清淡含蓄——故宮博物院汝窰瓷器展」，集英國大英博物館、上海博物館、天津博物館、吉林省博物館的鼎力支持，也只得 29 件整器展出，可知汝窰器之難得。汝窰器已不僅僅是財力是否所及的問題，更不是我輩所能入藏。

近百年來，汝窰在全球流通市場上出現不超過 10 次，1940 年至今的 80 年中，有 7 件汝窰瓷器經由蘇富比或佳士得拍賣售出。2017 年 10 月 3 日，臺灣樂從堂舊藏一隻汝窰洗在香港蘇富比上拍，以 2.94 億港元成交，再次創造出中國瓷器拍賣的世界紀錄。我有幸在預展上手仔細欣賞過這隻汝窰洗。

市場上官窰瓷器偶爾還得一見，但流傳有緒的不多見。2015 年 4 月 7 日香港蘇富比春拍就上拍過一隻南宋官窰青釉八方弦紋盤口瓶。在預展時我倒也有上手認眞把玩過，該瓶後來被劉益謙「任性」地以 1.13 億港元的天價拍走。以億元來計算的宋官窰器，同樣不是尋常人家能收藏的，劉益謙不是說過「沒錢不要玩收藏」嗎？

馮瑋瑜參觀「清淡含蓄——故宮博物院汝窯瓷器展」

沒有傳承記錄的宋代官窯瓷器偶有所見，但不敢貿然下手。流傳有緒的宋哥窯器同樣不多見，2015年佳士得香港秋拍的「古韻天成——臨宇山人珍藏」專場就有一件南宋哥窯葵口盤出現，估價為4,000至5,000萬港元，可惜流拍了，那是生不逢時啊！要不是2015年經濟下行，藝術品進入深度調整，收藏界資金奇缺的話，這等寶物怎會流拍，不過這只是個別案例而已。

鈞窯瓷器市場反而常見，但現在學術界對鈞窯的燒製年代時有爭議，有學者認為鈞窯為元明之物，不到宋代。現在國外拍賣行對傳世鈞窯器物，有的保持過往一樣仍定義為「宋代」；有的則保守定義為「明或以前」，市場中不少人也認同明初宮廷器物之說。

香江藏富

馮瑋瑜在鑒賞價值 2.94 億
元的汝窯洗

現在還想在五大名窯上建立自己的收藏，不管你多麼富有，邏輯上已無可能。屈
指算來也只有鈞窯和定窯尚有一定的存世量和流通量，而目前尚能讓我在自己的
財力範圍內從容細挑的，又沒有年代爭議的，定窯器是首選。

定窯是宋朝時定州燒造的瓷器，定窯不僅見之於宋代官方文獻如《宋會要》、《太
平環宇記》，也見於當時文人學士的吟詠記錄。直至明代鑒賞瓷器風氣日盛，《格
古要論》、《遵生八牋》、《長物志》均把定窯與汝窯、官窯並列。

定窯為趙宋名物，以生產精細白瓷而著稱，其胎骨堅細，釉面滋潤，泛出象牙一
般的質感。我一直想收藏定窯瓷器，喜歡的就是它的素潔瑩潤，白中泛象牙般的

馮瑋瑜鑒賞價值 1.13 億的南宋官窯青釉
八方弦紋盤口瓶

牙黃，充滿自然之美。但我對自己收藏定窯器還有個標準：流傳有緒，來源清晰，
器形完整，釉面要有淚痕或刷絲痕的定窯特徵。所謂「淚痕」，就是在上釉或燒
製過程中，釉漿流淌的痕跡猶如淚痕一樣。淚痕厚處均有明顯的偏黃色，無論是
正燒還是覆燒，淚痕流向均是自上往下流淌。另外，我個人喜歡無紋飾的光素器，
對花俏的東西不甚感興趣，偏偏定窯除了釉色瑩潤外，還有另一個重要特徵就是

以刻印紋飾見長，精於刻、劃，善長模印，無論是手工刻畫還是模印，皆精美異常。所以我只能找既體現精美紋飾，又盡可能多光素的器物，這樣才能符合自己的審美意趣。因此儘管近年來國內外拍場上定窯器不乏見，但符合自己眼緣的，還真不多見。沒碰上就等吧，不就是考驗一個人的定力和耐心嗎？

記得在2013年10月中國嘉德香港秋拍時，曾有一件宋代五王府款定窯白瓷葵口盤上拍，拍品編號為547，是一件光素器，底刻有「五王府」款識。定窯有刻款的較少，迄今發現，定窯燒造時就刻有款識的有「官」、「新官」、「尚食局」、「尚藥局」、「東宮」。此盤所刻的「五王府」，在定窯款識中十分少見，該款識為世人所知是在1957年故宮文物院第二次調查河北省曲陽縣澗瓷村窯址時，採集標本中有一件刻有五王府的碗底，五王府的款識才見之於世。此盤款識如此罕有，為何沒有可靠來源及流傳記錄？我對老窯認識不深，是真是贗？買還是不買？折騰得我「才下眉頭，卻上心頭」，心裡越忐忑，越不敢造次。寧可錯過，不可買錯，想想自己也沒有「撿漏」的命，歎了口氣，最終放棄了。

2015年，又有一件官款的定窯器在境外出現過，略有瑕疵，我也電話委託，舉到自定的預設價後我放棄追高，結果讓別人拿去了。因為它帶官款，有款的定窯比較少見，這是我參加競拍的原因；但畢竟不是完整器，這也是超過了自己設定的價位就放棄的原因。

2015年4月7日，香港蘇富比春拍推出一件拍品編號為3201的北宋／金代乾隆御題定窯葵花式盤小盤，品相極好，底部刻有乾隆御題詩一首《乾隆丙申春御題》，刻有「古香」、「太璞」印。該御題詩在《清高宗御製詩文全集——御製詩五集》之卷23頁27中有著錄。該盤曾在佳士得倫敦和倫敦蘇富比有兩次上拍記錄和名人收藏記錄，來源清晰，品相也沒問題，一看就是很開門的老窯貨。

此盤我反覆上手來來回回認眞地觀賞過多次，初看非常好，符合我的入藏標準，但仔細地看，看來看去，看多了心中起了疑惑：御題詩每一個字都刻得太好了！這符合當時的工藝水平嗎？是否清末民初後刻的呢？因爲清末民初就有高手專門在老窯器底部仿刻乾隆御題詩字的，論字計價，一個字多少錢，計價仿刻。

有沒有乾隆御題詩刻字，關乎著此碗是否清宮舊藏，是否乾隆皇帝的玩賞物，市場價格有天淵之別，故清末民初有高手專門做此營生。

帶著疑問，我反覆對照臺北故宮博物院出版的《得佳趣──乾隆皇帝的陶瓷品味》、故宮出版社出版的《定瓷雅集──故宮博物院珍藏及出土定窯瓷器薈萃》、日本學習研究社在昭和四十八年出版的《宋瓷名品圖錄》，以及其他刻有乾隆御題詩的資料裡面的刻字，仍解決不了我對此盤刻字的疑惑。

是我多疑看花了眼嗎？我也請教了行家前輩，他們同樣認爲貨是老貨，但對御題詩是否後刻的卻有不同看法，頗有爭議。因爲該盤最重要賣點是刻有乾隆御題詩，而現在我自己不能確認此盤眞是乾隆時刻字還是民國時仿刻？收藏，只要有一丁點兒的疑惑，就要放棄，要拿出「毒蛇纏手，壯士斷腕」的勇氣。沒什麼可猶豫的，我果斷放棄了該盤。當然，我的「不確認」純屬個人的認知，該盤刻字尙待商榷論證。只是我既然存疑，當然不敢亮劍。

放棄，放棄，放棄……接二連三地放棄，我並不焦急，也不遺憾。耐住寂寞，潛伏著，默默等待著機會，我希望就像古龍武俠小說所描述的李尋歡一樣，「小李飛刀，例不虛發」。

尋尋覓覓了幾年，終無所得，自知機緣未到，急不來的，也就不慌不忙地等待著，

香江藏富

「采菊東籬下，悠然見南山」，日子過得恬然自在。試想既要有定窯的紋飾，又要盡可能光素，這本來就是矛盾的，碰到的機會真的不多。一直等到 2015 年 6 月 1 日，香港蘇富比舉行一場小拍，其中有一個專題拍賣是「福田山房——古陶瓷精選」，共有 13 件宋瓷、兩件元瓷作為一個專題拍賣。蘇富比還撰文介紹該專題：「如下拍品，由日本一對夫婦私人收藏，二人均為醫生，年輕之時，勤於醫事，少有餘暇。逾 20 年前，始行收藏，持之至今，尤以宋瓷為主，亦精佛教藝術，得而富其眼界，明其心境。在此，蘇富比榮幸備致，呈此等精選致珍，品物悅心，與世共賞。」

這又是一個令人遐想聯翩的收藏故事，想東瀛一對壁人，工作之餘以賞玩宋瓷為樂，不就猶如北宋李清照與丈夫趙明誠志趣相投，生活美滿，「把酒東籬後」，共賞玩金石書畫的才子佳人故事嗎？愛屋及烏，我當然對其藏品也感興趣了。

福田山房的 15 件古瓷精品，打頭炮的第一件就是編號 588 的北宋定窯雙魚紋碗，來源為東京壺中居。

此碗器形較大，敞口，圓弧形壁，圈足，圈足滿釉，口沿有芒，鑲金屬扣，碗心平凹，刻雙魚紋，刻工精細，起刀流暢，自然靈動，簡潔而不失嫵媚。此碗器薄胎輕，釉色偏白略泛牙黃，器外壁帶幾道暗色垂滴淚痕，內外壁光潔，素飾無紋——大巧不工，大美至簡，此碗正合我意。

雙魚者，中國統紋飾，深入民心，寓意吉祥，作歲歲豐餘之意，表魚水和諧之美。雙魚紋是宋定窯的經典紋樣之一，廣泛存在於各式盤、碗中，寓意吉祥，備受世人喜愛。

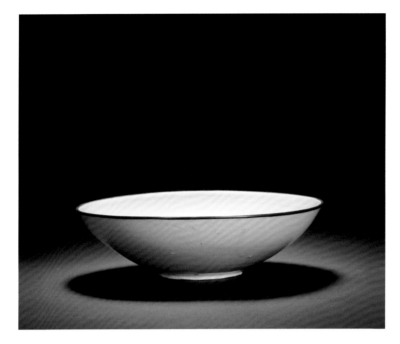

查閱資料，北京故宮舊藏中的定窯大碗或小碗，其內即刻有雙魚紋，雙魚式樣與
此碗類似。與此碗類似的還有臺北故宮博物院出版《定州花瓷——院藏定窯系
白瓷特展》（2014 年，第 80 頁）著錄的金代劃花魚紋大碗。雅典貝納基博物
館也藏有一例，見 *Catalogue of the Benaki Museum*（1939 年，第 258 頁）。
耶魯大學美術館也藏有相似一例，見 *Selected Far Eastern Art in the Yale
University Art Gallery*（1970 年，第 292 頁）。

在預展時請教過中國古陶瓷鑒賞家、香港明成館黃少棠先生，他上手看過後回覆
說：「該定窯碗年份是對的，路份也好，更難得該碗是沒有瑕疵的完好器。」有
了黃先生掌過眼、把過關，我心就更篤定了。當仁不讓，拍賣當日，這隻北宋定

定窯大碗碗心的雙魚紋

窯刻雙魚紋大碗就讓我拿下了。「花開堪折直須折，莫待無花空折枝。」

此碗通體施白釉，釉薄而輕盈，胎質細密輕薄，呈現象牙一般的質感，內外壁皆光素，盤心刻雙魚紋，兩尾游魚在水波中歡快游弋，造型簡練大方，線條流暢，意趣橫生。讓人越看越愛，好生喜歡。

2015 年底，收藏拍賣界的著名推手、「大象視界」的創立人項立平先生光臨自得堂，我把這隻定窯大碗拿出來共同欣賞，說起這件東西是來自日本的壺中居。

項先生近年東西南北、國內國外，每逢拍賣，到處都見到他活躍的身影，他的大

（上）繭山龍泉堂
（下）壺中居

香江藏富

象視界爲藝術品收藏拍賣活動進行廣泛的宣傳報導，活脫脫就是收藏拍賣界的一名「勞模」。他走南闖北，見多識廣，就告訴我一段有關壺中居的故事：

在東京有兩家最著名的古董店舖——繭山龍泉堂與壺中居。在 2013 年以前，在日本著名的「雞蛋大王」、同時也是最大的中國陶瓷收藏家伊勢彥信先生，向來出手不凡，橫掃蘇富比、佳士得的宋明陶瓷，屢創天價，截止至 2013 年，伊勢是日本收藏中國陶瓷的第一人了。但是到了 2013 年 10 月，位於富士山腳下的岡田美術館開業了，岡田瞬間打敗了伊勢成爲日本的陶瓷收藏第一人，而此前居然無人知道岡田有如此偉大的陶瓷收藏。岡田美術館的陶瓷收藏主要就是來自壺中居。

伊勢一直在購買繭山龍泉堂的精品，且只要喜歡從不還價。而坐落在高島屋旁邊的壺中居這 30 年看似門庭冷落，偶爾約見也只提供漢唐藝術。長年專職在日本掏老戶的胡瑞澤曾對我說過：「每次去壺中居都沒見有什麼東西賣，還擔心它不知何以爲生，後來才知道人家後面有大主顧。」原來岡田在 1980 年前後即包下了壺中居美術店，要求他們在全世界爲他收藏中國、日本、韓國的陶瓷精品。每月最後一天，岡田親自上門，將所有月內收集來的古董一掃而空，從不還價，一直堅持了 30 餘年，才誕生了岡田陶瓷美術館。

繭山龍泉堂與壺中居代表了日本古董商的標誌和水平，也印刻下了日本頂級藏家對於中國藝術品的癡迷和堅持。

項先生說得繪聲繪色，我聽得如癡如醉……這個故事怎麼那麼像金庸的武俠江湖呢。岡田就像一個絕世武林高手，隱姓埋名，默默無聞，30 年閉門苦練，一朝破繭而出，技驚天下，威震武林。從此，這個江湖便是他的。而那個提供武林秘

（上）「大象視界」創始人項立平先生和馮瑋瑜合影
（下）李伯延先生（前排右）、周沐澐先生（前排左）與馮瑋瑜合影

香江藏富

笈的，不正是壺中居嗎？

據蘇富比圖錄介紹，我的這隻定窯碗，來源正正就是壺中居！收藏到這件，也是緣分，此碗剛好能滿足我個人審美意趣和要求，幸甚！

2016 年暮春三月，江南草長，雜花生樹，群鶯亂飛，正是嶺南好時節。天津榮禧古美術館李伯延館長在那年 1 月份剛出版了一本《觀古——榮禧古美術館藏瓷》，特意委託廣州華藝拍賣有限公司古董珍玩部總經理周沐澐先生送給我。千里送鵝毛，禮輕情義重，李館長以文會友的深情厚義，讓我深爲感動。在 2016 年 3 月 14 日上午，春雨如蘇，李館長千里迢迢從天津來廣州，由周沐澐總經理陪同專門來自得堂交流，我們雖然是初次相識，但出於對中國古瓷器的共同熱愛，讓我們一見如故，談得行雲流水，非常投契。李館長收藏古陶瓷已逾 20 多年，過眼無數，對古瓷器的鑒賞非常有經驗，行內馳名。

我拿出這隻定窯大碗與李館長、周總共同鑒賞。李館長拿著碗，先裡外細看，然後拿起來貼近臉，仰臉迎光細看，然後給了個評語：「非常好，此碗是『官定』！」周總接著拿起碗來上手轉著了一圈，又打著手電筒裡裡外外細看了一遍，然後點頭說：「這碗很好，老貨，宋器，還沒有一點瑕疵，眞是難得。」

三人行，必有我師焉，我把握機會立即請教如何辨別是「官定」。李館長說：「定窯有『官定』和『土定』之分，主要是修胎和選料不一樣。『官定』是供皇家之用，燒製的瓷土經專門挑選淘煉，修胎精細，品質與民用的不同，因而器物的觀感是完全不一樣的。我們行內一般把官定也稱爲『粉定』。據記載，『粉定』對著光線照，胎土呈肉紅色，而且有珠砂斑，而『土定』卻沒有，主要是胎土不一樣所致。但珠砂斑不是每件都有，不是唯一的鑒定標準。鑒定時要綜合分析，看

（上）定窯大碗的包裝盒

（下）深圳博物館副館長郭學雷先生在指導馮瑋瑜鑒賞定窯大碗的「扣邊」

香江藏富

整體風格、看修胎工藝及精細程度等。我研究這些已 20 多年,基本上可以一眼貨,因為這隻碗是你的東西,我專門再迎光仔細看,確是官定無疑。」李館長邊說邊拿起碗對著光線,把碗慢慢地轉著圈,一邊指著給我看:「你看,這個胎土迎光呈肉紅色,這是官定的胎土特徵。然後這碗的碗壁非常薄,說明胎土很好,修胎認真,內底刻的雙魚紋非常精細,無不處處用心製作,所以此碗與一般土定明顯不同。你以後看多了,慢慢就能分辨出來。」 原來李館長是千里迢迢來傳經送寶的啊!我又學到知識了。

2016 年 3 月 29 日下午,深圳博物館副館長郭學雷研究館員和佳趣雅集學術顧問金立言博士一起光臨自得堂。他們要編輯《中國民間藏瓷大系》,專門到自得堂觀看我的藏品。當我把這隻定窯大碗拿出來,包裝的木盒還沒打開,金博士脫口而出:「日本壺中居的來源。」

啊!一眼即知來源,真是目光如炬,金博士畢業於日本慶應大學,是藝術史專業博士學位,想必對日本器物的包裝應是非常熟悉的。當打開包裝把此碗擺出來,金博士還未上手,只是瞄了一眼,就說:「蘇富比去年的拍品。」不但學術有成,連市場也通曉,這一眼即知來源、出處的本領,可知他博學強記,真不愧是博士啊!

郭館長上手裡裡外外認真看一遍,說:「這是粉定,而且是清宮舊藏。」「何以見得是清宮舊藏呢?」我立即虛心討教——通過什麼去判定是清宮舊藏?這是我要學習知道的。郭館長指著碗邊的扣邊說:「出土的或民間使用流傳的定窯器,口沿上的扣邊都是較寬的,而此碗的扣邊很窄小。這種包扣的方法是器物入清宮後,清宮重做的扣邊,清宮扣邊的特點是特別窄小。你這個碗的扣邊年代不到宋,是器物入清宮後重做的。」

這隻定窯大碗的扣邊不是北宋原物，此言不差。當初在蘇富比拍賣時，我就已經斷定是後人做的扣邊，因為宋代的金屬扣邊歷時千年到現在，由於氧化或使用的原因，扣邊上總會產生包漿、磨損、腐蝕、氧化，而此碗的扣邊卻利利索索，雖然也有包漿，有一定的年份，卻應該沒有宋代那麼久遠。但這種包扣是什麼年代做的？我回來查了很多資料，一直考究不出。「聽君一席話，勝讀十年書」，郭館長一言令我茅塞頓開——可以從鑲嵌工藝角度來考究。（後來也有其他藏友提出：日本後做的扣邊，也是特別窄小的。）

郭館長繼續說：「我認為此碗還不到北宋，而是金或者南宋的。」「怎樣來判斷呢？」我繼續虛心請教。「因為北宋的時候是用木柴燒窯，所以器物是泛白色的。由五代到北宋的定窯器，釉色較白；而到了金或南宋，使用煤來燒窯，器物就泛黃了。而這隻碗，白中泛黃，應是煤窯燒出來的，由此而推斷，此碗是金或南宋時期的。」

金博士對這隻定窯碗也是讚歎不已：「釉色這麼均勻，碗壁這麼薄，雙魚刻得這麼好，真是難得的定窯佳器。」專家可不是浪得虛名的，言之有物，有理有據。

春日羊城，風和日麗，花氣襲人，縷縷陽光灑進了陋室，暖意融融，舊雨新知，圍坐品茗，共賞美瓷。他們博學強記，見解高穎，言語風趣，「古今多少事，盡在笑談中」。

「良辰美景奈何天，賞心樂事誰家園」，今日知音相聚，論盡窯事，良師益友，各抒己見，暢所欲言，可謂高談闊論，酣暢淋漓……不知不覺紅日西沉，夜之將至。西園雅會之樂，想必不過如此矣。

香江藏富

黃少棠先生、大象項立平先生、李伯延館長、周沐澐總經理、郭學雷館長、金立言博士等眾多老師、專家、學者，對我傾囊相授，悉心指導，令我獲益良多。老師、專家、學者們的豐富學識、新穎觀點、多維角度，開闊了我的視野和思維。想到他們對我的厚愛和幫助，我長記於心，深懷感激。

一隻定窯碗，幾許座上賓，談笑有鴻儒，往來無白丁。

藏品名稱：定窯雙魚紋碗
年代：北宋
尺寸：20.2 厘米
來源：1. 東京壺中居
　　　2. 2015 年 6 月 1 日香港蘇富比「福田山房──古陶瓷精選」　編號：588
展覽：2018 年 7 月廣東省博物館「五色祥雲──自得堂藏宋元明清單色釉瓷器展」
著錄：廣東省博物館《五色祥雲──自得堂藏宋元明清單色釉瓷器展》

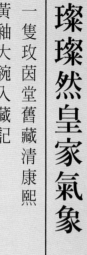

第八章

璨璨然皇家氣象

一隻玫茵堂舊藏清康熙
黃釉大碗入藏記

《通典》注云：「黃者，中和美色，黃承天德，最盛淳美，故以尊色爲溢也。」中國人對黃色的崇拜由來已久，黃色是歷朝帝王的專屬顏色。我曾多次到過故宮，印象最深刻是故宮對黃色的推崇。千千萬萬間廣廈，屋頂全是琉璃黃瓦，鱗次櫛比，巍峨壯麗，尤其是從景山上眺望故宮，那萬萬千千琉璃黃瓦，氣象恢弘，吞天吐日，讓人肅然敬畏。整個環繞天安門廣場的建築物如天安門、人民大會堂、中國國家博物館、毛主席紀念堂的屋頂或樓頂簷邊也是琉璃黃瓦，可見由古至今，黃色是中華民族最尊崇的顏色。

由於「黃」與「皇」同音，黃釉是代表皇權至尊的顏色，它和五爪龍一樣，象徵皇權神聖不可侵犯。黃釉是明清時期皇家嚴格控制的釉色，專爲皇帝御用，或爲皇家祭祀專用，體現對皇權的膜拜和尊崇。黃釉瓷器是明清皇家專用瓷器，其他人不得擅用。尤其是清代，裡外全黃釉器只有皇帝、皇后和皇太后才能使用，是等級最高的皇家御用瓷器。

《大明會典》載：「洪武九年定，私郊各陵瓷器，圜丘青色，方丘黃色，日壇赤色，月壇白色。」《清史稿・禮志一》也云：「凡陶必辨色，圜丘、祈谷、常雩青，方澤、社稷、先農黃，日壇赤，月壇白。」《欽定皇朝禮器圖式》也載：「天壇用青色，地壇及社稷壇用黃色，朝日壇用紅色，夕月壇用白色。」

由於自小深受傳統文化薰陶，我對黃釉瓷器情有獨鍾，在收藏瓷器時專門設定黃釉瓷器作爲其中一個收藏系列，希望明清每個朝代的黃釉御窯瓷器（帶官款的）都能收到一件以上，順著各個朝代一溜地排下去，多有趣多好玩呀，想想就開心。

但這只是癡人說夢，實際上不可能成事，因爲明朝有些年代根本就沒有款識。明初洪武時期御窯制度初創，御用瓷器沒有署寫款識。建文朝時期發生影響深遠的

從景山上遠眺故宮博物院

「靖難之變」，永樂搶奪侄兒建文的帝位，致使有明確建文款識的瓷器至今僅見仇焱之收藏過一件青花筆架，還不是官窯！除此以外，世間就再沒見過任何一件有建文款識的瓷器。而正統、景泰、天順三朝帝位更迭，政局動盪，官窯幾近停燒，也沒有款識，致有「空白期」之名，那時御瓷也是沒有款識的。明朝末年，內有農民起義，外有清兵勁敵，外憂內患，國庫空虛，天啟朝官款已少見，崇禎朝官窯停燒。所以要集齊明代每一位皇帝帶款識的黃釉御用瓷器是不可能的，因為有些朝代的御用瓷器本身就沒有官款！

歲有早晚，人有老幼，我生年晚，入門也晚，1950 至 1970 年代香港市場上中國古瓷器的價格還不高，都說是入藏的好時機，但我生不逢時，沒趕上。而且我也是在進行了一段時間的書畫收藏後才轉向瓷器的，所以起步晚了些。

我的御窯黃釉器系列收藏，是從康熙黃釉器入手的，為什麼首先選擇康熙御窯

黃釉瓷器作爲黃釉系列收藏的起點呢？因爲那時我已不是收藏圈的小白，我已經收藏書畫多年，對藝術品市場有一定的認識。古代瓷器那麼博大精深，收藏江湖又那麼波譎雲詭，要找一個較穩妥、較保險的切入點，康熙黃釉瓷器是一個較好的選擇：第一，康熙一朝，平三藩，收臺灣，河清海晏，御窯廠復燒爲內宮供瓷，瓷器燒造，再創巔峰；第二，康熙的黃釉器全都是官窯器；第三，順治官款瓷器市場較少見，而康熙官款瓷器，標準件多，可資比較，流通市場上的爭議較少。

在我所收藏的康熙黃釉瓷器中，有一隻黃釉大碗是重要藏品之一。這隻黃釉大碗器形碩大、較爲罕見，還有一個非常好的傳承記錄：它是玫茵堂舊藏。玫茵堂是什麼概念？可以這樣說，談到中國古瓷器的頂級收藏，不能不提玫茵堂。很多人只知玫茵堂的大名，而不知其由來，收藏界對於玫茵堂的普遍認知，也僅限於「玫茵堂在收藏界向來以藏品等級高而著稱，尤其收藏的中國瓷器，都是各年代的精品」。即便拍賣公司本身，也對玫茵堂主人的身份三緘其口，習慣稱之爲「玫茵堂主人」而非某某收藏家。

憑藉藏品的上乘品質和迷霧重重的身世，雖然極富盛名，玫茵堂所收藏的 2,000 件藏品幾乎沒有全部展出過，僅在私人場合露過面。小部分藏品曾於 1994 年在大英博物館展出，兩年後又在蒙特卡羅展出。這已引起收藏界的轟動！唯一一部公開的記錄是德國學者康蕊君（Regina Krahl） 編輯的紀念圖錄《玫茵堂中國瓷器珍藏》。這部圖錄共 7 卷，但對於將這些藏品會聚在一起的人卻隻字未提。這更引起人們的驚歎和好奇——玫茵堂的主人究竟是誰？

很長一段時間，很多人打聽玫茵堂的主人是誰，卻沒有人知道他的眞實身份，仿佛一個武林絕世高手，譽滿天下，江湖盡是傳聞，卻無人知其來歷。

眞相在近年才漸漸浮出水面，原來玫茵堂的主人是在菲律賓經商的瑞士收藏家史蒂芬・裕利（Stephen Zuellig）和吉爾伯特・裕利（Gilbert Zuellig）兄弟倆。1901 年，裕利兄弟的父親弗雷德里克・裕利（Frederick Zuellig）從瑞士來到菲律賓馬尼拉工作，並於 1916 年購下一家貿易公司。裕利兄弟均出生於馬尼拉。第二次世界大戰後，兄弟二人逐步將父親的企業發展壯大，成長爲裕利集團。2012 年，裕利集團年營業額約爲 120 億美元，子公司業務涉及醫療健康、農業等。最大的子公司裕利醫藥負責將大企業的藥品運輸配送到醫院、診所及藥房，是亞洲最大的醫療服務提供商之一，業務遍及亞洲 13 個國家。史蒂芬・裕利曾任集團主席，是菲律賓總統國際顧問委員會成員，2007 年獲頒菲律賓最高民事勳章之一的拉坎杜拉勳章。

玫茵堂主人的收藏歷程始自 1950 年代末，攜手歷 60 年積聚而成。從古代青銅到晚期瓷器，這對兄弟對中國藝術品存在廣泛興趣。他們按照年代對各自的興趣進行劃分：弟弟吉爾伯特專注於新石器時代到宋代之間的早期陶瓷器，哥哥史蒂芬則將精力傾注於元明清三代的瓷器。兄弟二人將所藏匯集爲一處，定名爲「玫茵堂」，意爲「玫瑰花叢中的殿堂」，同時也是他們瑞士家鄉「Meienberg」的諧音，饒富詩意。

玫茵堂收藏是在知名古董商仇焱之與埃斯肯納齊（Eskenazi）等協助下，匯集如大維德爵士（Sir Percival David）、阿爾弗雷德・克拉克（Alfred Clark）、趙叢衍、胡惠春等眾多顯赫藏家收藏，囊括從新石器時代到歷朝瓷器中最上乘的珍品，被認爲是西方私人藏家中最好的中國瓷器收藏。其體系廣博，品質臻於絕頂，堪稱中國瓷器史里程碑式典藏，舉世聞名。我對瓷器感興趣，當然知道玫茵堂以其收藏藝臻技絕的御製瓷器舉世聞名，堪稱史上最精美的御製瓷器私人收藏。

香江藏富

2011 年 4 月春拍，香港蘇富比首次推出「玫茵堂珍藏——重要中國御瓷選萃」專場，備受矚目，各大媒體鋪天蓋地都是「玫茵堂珍藏」字樣。用蘇富比亞洲區主席、中國藝術品部國際主管及主席仇國仕（仇焱之的孫子）的話來說：「玫茵堂珍藏的價值，不在於其是否刷新中國拍賣紀錄，而是能對近年來湧入藝術品市場的新買家起到樣板作用，可以讓他們從來自歐洲的『老收藏』中，體驗什麼是頂級的中國瓷器珍藏。玫茵堂專場拍賣是近 30 年來蘇富比所上拍的最重要的私人瓷器收藏。」

裕利兄弟從 1950 年代開始通過 Helen Ling 購買中國藝術品，Helen Ling 是他們的新加坡合夥人，美籍人士，當時在上海經營中國瓷器。正是她將仇焱之介紹給這對兄弟倆，仇焱之當時在香港生活，1960 年代中後期又移民到瑞士。他是二戰後最顯赫的中國藝術品收藏家和古董商。

裕利兄弟總是尋求最專業、最頂級的古董商來掌眼幫助其入藏，其中普里斯特利（Priestley）和費拉羅（Ferraro）精通早期藝術品，另一位埃斯肯納齊（Eskenazi），就是那位以 2.3 億買下元青花「鬼谷子下山」大罐的英國古董商，則深諳明清藝術品。他們為裕利兄弟購得（或以他們的名義購得）超過 160 件藏品。但是對裕利兄弟影響最為深遠的還是仇焱之。這位名滿天下的古董商給兄弟倆心中深植對中國藝術品的熱愛和某種程度的敬畏，玫茵堂兄弟倆受他點撥，或多或少都延續仇焱之的路子。

據有人說：後來玫茵堂主人裕利兄弟倆聲稱自己年事已高，準備將手中所藏全部轉讓，要價一億多美元，國內某些人心嚮往之，但由於拿不出這個數目，於是召集圈內人合夥買，終無人響應而作罷。為將這些頂尖器全部留在國內，他們又想到遊說相關國家文物機構進行整體購買，稱玫茵堂的瓷器怎麼好，非常值得買。

但種種原因，終沒有使之完整回歸。

此事不知是真是假，最終玫茵堂珍藏瓷器不得不分散拆開，見諸拍場。一件件皇家器物，一代人的畢生珍藏，也就從此散佚。有聚必有散，無奈更唏噓。也正因為如此，才給後來者一個入藏的機會。

2013 年 4 月 8 日，香港蘇富比春拍，玫茵堂專場再度震撼登場。在香港會展中心展示拍品，一時觀者如雲，蔚為盛事。我剛走到玫茵堂專場預展大廳門口，立即被展廳裡遠處正對門口的一件器物散發明晃晃黃色亮光吸引住了。在滿場靜穆的展品中，這縷黃色是如此先「色」奪人，如此耀光炫目，它緊緊吸引每一個進

「大清康熙年製」三行六字款

場者的目光。

我斂神定睛仔細一看，原來在正對門口的遠處展櫃內，陳設著一隻碩大的黃釉大碗，一束燈光柔和地打在黃釉大碗上，立時整件器物熠熠生輝，璀璨明亮。大碗散發出的光輝，那種懾人心魄的魅力，那種皇家氣象的威儀，現在回想起來依然心盪神馳⋯⋯

當我上手這個澆黃釉大碗時，感到大碗很沉重，我這個纖纖女子拿起來頗覺吃力。康熙官窯器物由於胎土淘煉非常精細，緊密堅致，故燒成後質堅量重，所以康熙朝官窯器物上手感覺較沉。瓷學泰斗耿寶昌先生所著的《明清瓷器鑒定》第

224頁寫道：「孫瀛州先生在鑒別瓷器眞僞時曾說：『行家一上手，就知有沒有。』這是他親身體會了康熙與其他時期瓷胎的比例和重量，而得出的經驗總結。」

在上手鑒賞時，離開燈光的照耀，大碗驟然失卻燈光下那種穿透感，但依然光澤明亮。細看此碗，胎體厚重，碗深圓腹，撇口，圈足微斂，通體施黃釉，色近蛋黃，圈足露胎處色略近桔黃，底書青花三行六字雙圈楷書款：大清康熙年製。器形完整，沒有瑕疵。玫茵堂藏品果是名不虛傳！

我查閱康蕊君編輯的《玫茵堂藏中國陶瓷》一書，本碗著錄於在第 2 卷，編號爲 893。同時也查閱其他資料，據手頭資料統計，如此碩大的康熙黃釉大碗，目前僅見以下幾隻：上海博物館藏有一隻，著錄於《上海博物館藏康熙瓷圖錄》（1998 年，圖版 238），尺寸比本碗大一些；日內瓦鮑氏藏一隻，與本碗尺寸、釉色、款式甚爲相近，著錄於 Chinese Ceramics in the Baur Collection（1999 年，卷 2，圖版 189）；香港望星樓藏有一隻，曾展出於美國明尼阿波利斯藝術學院，著錄於《清代康雍乾官窯瓷器〈望星樓藏瓷〉》（2004 年，編號 91），尺寸比本碗略小；北京故宮博物院藏有一隻，著錄於耿寶昌編著的《故宮博物院藏古陶瓷資料選粹》（2005 年，卷 2，圖版 102），尺寸比本碗更大；南京博物院也館藏有，見徐湖平主編的《中國清代官窯瓷器》（2003 年，第 119 頁），著錄有一隻，尺寸爲 37.5 厘米；瀋陽故宮博物院藏有一隻，見武斌、李英健主編的《瀋陽故宮博物院院藏文物精粹》（2008 年，瓷器卷，下冊），尺寸爲 37.7 厘米；正觀堂藏有一隻，曾展出於北京保利藝術博物館，著錄於《延薰秀色——康熙瓷器與宮廷藝術珍品特展》（2011 年，編號 I-25）。正觀堂收舊藏那隻，後來也入藏到我的自得堂。

香江藏富

北京榮寶拍賣瓷器部負責人任雅武先生和馮瑋瑜在鑒賞瓷器

以上都是二行六字款，而玫茵堂這隻卻是三行六字款，是不多見的。

記得當時還查閱過一份資料，說這種大碗在市場流通的不到 10 隻，但現在找不到那份資料，所以不能在此憑記憶而妄言定論（當然北京故宮博物院、南京故宮博物院、瀋陽故宮博物院是否還有庫存或庫存多少，沒有查到，不得而知，但那些都不能在市場流通）。但這種碩大的宮碗市場流通量應當不多，當為可信。

在看玫茵堂專場預展的時候，正好碰上北京榮寶拍賣有限公司副總經理王為先生和當時瓷器部負責人任雅武先生。我與他們算是老熟人了，因為我常到北京榮寶買東西，有近代書畫，當然更多的是瓷器，特別是黃釉瓷器。

王總和任總在業界多年，對行業情況瞭解。每次在北京榮寶拍賣會，我看上的拍品都會請教他們的意見，聽聽他們的看法，而他們總是不吝賜教，給我不少建議。

拍賣會時有發生種種匪夷所思的事。記得那是在榮寶 2012 年的一場拍賣會，那一場我同時看中兩件拍品：一對嘉靖黃釉盤和另一對雍正黃釉盤。當時信心滿滿，想著非我莫屬，沒想到競拍時，在委託席上有個電話委託一直不依不饒跟我爭。第一對嘉靖黃釉盤，由始至終都是電話委託跟我在「二人轉」，我舉一下，電話委託就跟一下，由幾十萬一直舉到 100 多萬，我舉不過電話委託，敗下陣來；到了另一對雍正黃釉盤拍賣時，歷史又在重複，還是一模一樣的「二人轉」，又是由幾十萬舉到 100 萬了，氣得我不拍了。光天白日的見鬼了！拍賣場遇到「托兒」的事聽得多了，這回真被「托兒」瞄上了。我知道這是電話委託那人故意托價，那人說不定就是送拍人，故意要托舉到一個很高的價格才放手，引誘我以高價接盤。我雖然喜歡這件拍品，但我不傻！讓他們自個去「托」吧。我一跺腳，一收牌，一起身，一扭頭，走了。任總見狀馬上從委託席走下來送我，邊送邊解釋確是真實委託，不是「托兒」，還一再謝謝我。當時我正窩火，氣鼓鼓地說：「沒拍到，又沒佣金給榮寶，幹嘛謝我？」任總說：「謝謝你把價格舉得那麼高。」一句話逗得我破顏一笑。

任總說得非常誠懇，他是老實人，說不定真的是委託呢，總不能自己買不到，就去懷疑別人吧。反正拍賣行業的水很渾濁，也不去深究了，價格太高了就放棄，失之也沒遺憾。

拍賣場拍不到是常見的事，價高者得，敗了也口服心服，我從沒怨言，但敗給神龍不見首尾、不知真假的電話委託，令人十分鬱悶。我在其他拍場還見過更奇葩的：委託席上那個委託甚至都沒有將電話裝模作樣地拿在耳邊，而是直愣愣地扭

頭瞅著我，我舉一下，他連想也不想就跟舉一下，那種情狀更氣人！

假作真時真亦假，何必耿耿於懷呢？也許是跟拍品沒緣分吧。一念至此，我就釋然。

在香港蘇富比的玫茵堂專場碰到他們，我請教他們對拍品的意見，任總說：「東西的真贗你就不用考慮了，只要考慮你出得起多少錢。」此話我深以為然，我們一起到貴賓座位，讓工作人員把整場玫茵堂拍品一件一件拿過來，一件一件上手品鑒一遍，足足看了大半天，到後來不停地有電話催他們走了，好像他們有約。可他們還是耐著性子陪我看。任總問我看上哪件？我答：「一件是明宣德的紅釉盤。」任總說：「眼光好，宣德紅釉是一代名品，底價720萬，估計要過千萬下槌。」我點點頭，然後說另一件是康熙黃釉大碗。「東西好，罕見。」任總眉頭稍稍一蹙，接著說：「你真選中這件？」「是的，就這個黃釉大碗。」我語氣堅定。當晚我就設定明天競拍策略：按拍賣順序，康熙黃釉大碗編號是2號，而宣德紅釉盤編號是9號，按順序會先拍黃釉大碗，所以首先要爭搶黃釉大碗，況且我當時正在做御窯黃釉系列的收藏，入藏黃釉瓷器符合自己的收藏規劃，這是首選。如果黃釉大碗拿不到再去爭搶宣德紅釉盤。如果拿到黃釉大碗，就不要宣德紅釉盤，畢竟宣德紅釉盤要過千萬，這樣起碼能保證入藏一件玫茵堂的舊藏。

這場拍賣會人坐得滿滿的，我提前到達，專門選擇坐在後排，這樣方便觀察前面的「敵情」。遠遠看見王總、任總他們坐在前面。黃釉大碗排在第二件拍賣，拍賣師喊價聲剛起，我就立即舉牌應價，早早表明態度，幸好，好像沒人跟我爭……拍賣師已經在喊最後叫價，第一次、第二次，馬上就要落槌了，我心中竊喜，以為這隻黃釉大碗會以底價拿到，撿個大便宜。還沒等我笑出聲來，就

在這個時刻，哎喲！坐在前面的任總突然舉牌了，我一下子驚得眼珠子都快掉出來了。

啊！是他！真沒想到啊！光天白日他鬧什麼鬼呀？敵人隱藏得真深啊，昨天一起看東西，言笑晏晏，從沒聽他說過要拍這件，一聲不吭的，來個突然襲擊。怎麼辦？任總他們要？讓還是不讓？短短幾秒，我腦裡轉了無數個念頭。這是公開場合公開競價，我們事前沒說好，讓給他們也不見得領我的情，拍賣師的叫價聲一聲緊似一聲，像催命似的，拍場如戰場，容不得我再多猶豫，說時遲那時快，我一咬牙，繼續舉起牌子……

龍爭虎鬥，結果還是被我拿下了，不過價格高出很多。玫茵堂專場拍完後，我特意在拍賣大廳門口等著他們倆，瞅著他們：「那隻黃釉大碗是怎麼回事呀？沒聽說你們也要呀，知道是跟我爭不？」「知道呀，不就我們兩個牌子爭嗎？我們是受北京一個朋友委託幫他出價舉牌的，沒辦法啊。」我跺著腳恨恨地說：「哎呀，您們不舉不行嗎？舉高了誰得益呢？玫茵堂您們又沒股份的，我真寧可把那差價給您們好了。」「受人所託，忠人之事，怎能不舉牌呢？我們怎能幹那樣的事呢！」他們答得正氣凜然的。

我真的無語，嘻！他們老實，不曉得凡事可商量。受人所託忠人之事，固然沒錯，但都是老熟人了，有話好好說，昨天明知道我要，他們自己也有一位北京朋友的委託，怎麼不先互相協商一下，商量個辦法，大家訂個君子協議，一個要貨，一個分點錢，我補償北京那位朋友一點錢，就不用多出冤枉錢，北京朋友一分錢不用出就提前秋收了，三方和為貴，「三全其美」，何樂而不為？何必弄成現在這樣，自己人和自己人較勁？我們都是中國人是不是？一致對外不好嗎？

香江藏富

玫茵堂舊藏：康熙御窯黃釉大碗

郭學雷先生（左）、金立言先生（中）與馮瑋瑜在自得堂鑒賞康熙黃釉大碗

唉，他們是老實人，是好人，是君子，我的這點小心眼，還真不好跟他們大男人明言，不過他們在拍場打滾多年，這種操作應該是知道的，不知為何沒那樣做。嘻！事後想來，都怪我不夠機警，昨天任總說「你真選中這件」的時候，我沒留意他那一瞬間的表情變化，現在回想，他是話出有因的。晚了，事後諸葛亮，笨死沒商量。

他們一點都沒體察到我心裡的千迴百轉，還是笑意盈盈：「恭喜你啊！這隻康熙黃釉大碗買得真好！」「謝謝承讓！這康熙黃釉大碗從您們手上搶去了，怪不好意思的，我請您倆吃飯去。」「不了，我們還有其他事。」我們一笑而別。

雖然價高了，不過，拍場上明碼實價用鈔票買回來的東西，心裡坦蕩。

黃釉是低溫顏色釉，製作時先將素燒過的白釉大碗內外遍施黃釉，經低溫二次燒

香港懷海堂主人鍾棋偉
先生和馮瑋瑜在蘇富比
貴賓室

成。這隻康熙黃釉大碗，體形碩大深厚，穩重得宜，釉色鮮豔透亮，如此碩大黃
釉器皿應為皇家祭祀用器。黃釉大碗入藏後，我時常拿出來欣賞，心中喜悅無限。

在 2016 年一個陽光明媚的春日，深圳博物館郭學雷副館長和佳趣雅集學術顧問
金立言博士聯袂光臨自得堂。他們兩位一北一南分別負責編輯《中國民間藏瓷大
系》叢書的京津卷和廣東卷，專門到我家看藏品，準備編到書內。當這隻康熙黃
釉大碗一擺出來，兩位專家便讚歎不已，他們上手研究一番，一致認為器物非常
開門，器形周正，釉色均勻，是屬路份非常好、非常少見的康熙御窯大器。金博
士還說：「類似這樣的黃釉大碗，在北京故宮博物院和南京博物館都有，但見到
的是六字二行款，像這隻大碗是六字三行款的，沒有見過，東西真好，真是難得
一見啊！玫茵堂名不虛傳。」郭館長也說：「故宮和博物館的東西是不流入市場
的，你能藏有這麼一件，確實難得啊！」

在 2016 年香港蘇富比春季拍賣會的特邀貴賓室裡，我遇到了香港敏求精舍會員鍾棋偉先生。敏求精舍是一個成立於 1960 年的收藏家團體，以「研究藝事，品鑒文物」為宗旨，其會員是一群醉心於中國文物藝術品收藏的香港著名藏家。他們在中國書畫以及各種不同的文物範疇上，均有獨特的收藏。敏求精舍的成員既是社會棟樑之材，又是收藏上卓有成效的知名人士。他們的藏品不但等級高，影響大，在一定程度上可以說享譽世界。敏求精舍現在的人數還不足 50 人，入會條件很高，首先個人藏品要有檔次，而且不能是古董商，還有發展新會員時需要原會員全票通過。胡惠春、徐展堂、葛師科、莊貴侖、葉耀才、關善明等等響噹噹的人物都是其會員。鍾棋偉先生是知名大藏家，主要收藏門類是明清官窯瓷器，出版有《機暇明道——懷海堂藏明代中晚期官窯瓷器》、《機暇清賞——懷海堂藏清代御窯瓷瓶》兩套私人收藏圖書，資料翔實豐富，對明清瓷器研究頗深。近年他還大手筆捐贈個人藏品給香港故宮文化博物館和香港藝術館，還在香港藝術館舉辦了兩期個人藏品展。

鍾先生對我說：「我在英國的大維德基金會見到一對與您藏品相近的康熙黃釉大碗，是兩行六字款的，供您參考補證。」鍾先生非常熱心，還把大維德基金會藏品的展覽圖片傳過來，以便我互相印證。收藏的樂趣就是一群志同道合的朋友，互相切磋探討學問，共同提高鑒賞水準。

2016 年 3 月 7 日，廣州花城古玩商會成立，群賢畢至，少長咸集，香港著名古陶瓷鑒賞家、望星樓主人張顯星先生以及十多位省港古董界名人被聘為顧問，我也忝列其中，還作為顧問代表登臺致賀詞。張顯星先生就是前文提到曾在美國明尼阿波利斯藝術學院舉辦過「清代康雍乾官窯瓷器——望星樓藏瓷」展覽的望星樓主人，在古董收藏圈非常有名。看看那本《清代康雍乾官窯瓷器——望星樓藏瓷》就知道他的藏品有多麼豐富了。張顯星先生也藏有一隻康熙黃釉大碗，在《清

（上）馮瑋瑜在廣州花城古玩商會成立晚宴上致賀詞

（下）香港望星樓主人張顯星先生和馮瑋瑜合影

第八章：璨璨然皇家氣象　172-173

代康雍乾官窯瓷器——望星樓藏瓷》前言裡特別介紹：「如口徑 31.2 公分的康熙黃釉大碗，是 1980 年代唯一的一次經國家批准特許出口文物中的一件，原藏於北京故宮博物院，為清宮祭祀用品。」

雖是久仰望星樓大名，但我跟張顯星先生卻是初次相識，大家都叫他星哥，我也跟著混叫，他見了我就說：「你那隻黃釉大碗買得真好啊！」明清黃釉碗我有不少，我不知道星哥指的是哪一隻，就問是不是說去年底在佳士得香港秋拍拍到的正德黃釉宮碗。星哥說：「我是說那隻玫茵堂的康熙黃釉大碗。」我大吃一驚，這都幾年前的事了。我一個默默無聞的女子，幾年前買的一件東西，也沒對外說過我拍下那隻碗，星哥居然知道？星哥說：「那隻康熙黃釉大碗，六字三行橫款，這樣的款少見，款好啊！」我還沒回過神來，星哥接著又說：「你拍的那隻郎窯紅釉瓶也不錯。」我又以為星哥是指去年在中國嘉德競得的郎窯紅釉小梅瓶，哪知星哥說：「不是那件，我是說在美國波特蘭美術館展覽過幾年，在佳士得拍賣的那隻郎窯紅釉大瓶。」啊！那是 2014 年的事了。我拍下這件也沒對誰說過呀，他也知道？星哥接著還在說：「你今年在華藝拍的那隻康熙黃地青花五彩龍紋盤也很難得一見啊。」啊！我吃驚得差不多要跳起來，我在哪個拍場拍什麼東西他怎麼知道的？就連前些年拍的東西都知道得那麼一清二楚，須知我是個毫不起眼的小丫頭而已，一舉一動怎會落入他法眼中，還記得哪一場哪一件！如果說康熙黃釉大碗，因為他也有一隻，所以特別關注還說得過去，那其他的呢？怎麼我每次拍買他好像都瞭如指掌？問題是我跟星哥現在才初次相識耶！

我掩飾著內心的駭然，與星哥酒杯輕碰，笑語盈盈，剛剛發生的一切，如此的不可思議，似幻似真……

香江藏富

收藏界裡盡是臥虎藏龍的頂尖高手啊！都是人精啊！星哥更是出類拔萃，怪不得人家那麼成功。相比之下，我好像是飄於圈外，特立獨行，活在自己的伊甸園裡。我在拍場從不關心誰舉牌拍了哪件，也從不記著哪件落在哪個人的手裡，我只在乎自己能否拍到看中的那件。收藏，對我來說是自得其樂的事。

兩隻康熙黃釉大碗的主人，一個來自香港，一個來自廣州，觥籌交錯，人臉桃花。過往，我們素昧平生；今晚，我們相聚花城。

春雨如蘇，人影迷離，今夕是何夕？人已相聚，那兩隻大碗，可有聚首的一天？

時光流轉，悠悠經年，我與星哥時常相見，可兩隻大碗終是無緣相會。

2017 年 10 月 16 日，「黃承天德——明清御窯黃釉瓷器珍品展」暨「明清御窯研究國際學術研討會」在景德鎮中國陶瓷博物館隆重開幕，13 件從故宮調撥到中國陶瓷博物館的明清御窯黃釉瓷器、13 件由景德鎮考古研究所在御窯廠遺址出土標本和我所提供的 58 件明清御窯黃釉瓷器同時亮相，大放異彩。這是內地首次由公立博物館和民間收藏機構共同舉辦的明清御窯黃釉器展覽。到場的學者、專家雲集，從國際到內地，從學術界到收藏界，從行業到拍賣公司，陣容之鼎盛，前所未見。

時任景德鎮市人民政府市長梅亦、故宮博物院器物部主任呂成龍、北京大學考古文博學院教授秦大樹、陝西省考古研究所研究員禚振西、中國國家博物館研究館員耿東升、香港中文大學文物館前館長林業強、臺北「故宮博物院」研究員蔡和璧、中國臺灣鴻禧美術館執行長廖桂英、景德鎮市考古研究所所

「黃承天德」開幕式現場

長江建新、深圳博物館副館長郭學雷、上海博物館陶瓷研究部主任陸明華、中國藝術研究院研究員方李莉、望野博物館館長閻焰、中國嘉德國際拍賣有限公司陶瓷部總經理于大明、中國嘉德（香港）國際拍賣有限公司瓷器工藝品部總經理林威信（Nicholas Wilson）、中國嘉德國際拍賣有限公司四季拍賣陶瓷部總經理劉暘、廣東省文物鑒定站站長劉成基、中國科學院高能物理研究所研究員馮松林、景德鎮市東方古陶瓷研究會執行會長李峰、景德鎮陶瓷大學副校長占啟安、景德鎮陶瓷大學文博學院院長曹建文、景德鎮中國陶瓷博物館館長趙鋼以及國內各大博館、文博系統等100多名專家學者孜孜一堂，可謂盛況空前。

香江藏富

「震撼！」從專家到普通民眾，這是參觀者說得最多的詞。

這隻大碗以獨立展櫃陳展在展廳門口的當眼處，猶如一隻碩大的金飯碗，熠熠生輝，參觀展覽的人們無不被它的風采所吸引。專家們、觀眾們紛紛與其拍攝留影，它成為明星展品之一，刷屏無數。整個展覽現場裡一片明晃晃的黃色御窯珍品盡顯尊貴，在業界掀起了持續的「黃釉熱」，我在北京和景德鎮的兩次高規格明清御窯黃釉瓷器珍品展引爆了收藏界的御窯黃釉瓷器收藏熱潮。

千年古鎮，氣象一新。數風流人物，還看今朝。

藏品名稱：黃釉大碗
年代：清代康熙
款識：「大清康熙年製」雙圈六字三行青花楷書
尺寸：31.5 厘米
來源：2013 年 4 月 8 日香港蘇富比「玫茵堂專場」　編號：2
著錄：《玫茵堂中國陶瓷》（1994-2010 年）卷 2　編號：893
展覽：1. 2016 年 5 月北京嘉德藝術中心「皇家氣象——自得堂藏明清御窯黃釉瓷器特展」
　　　2. 2017 年 10 月景德鎮中國陶瓷博物館「黃承天德——明清御窯黃釉瓷器珍品展」
　　　3. 2018 年 7 月廣州廣東省博物館「五色祥雲——自得堂藏宋元明清單色釉瓷器」

中丞嗜古衡覽精

第九章

一對仇焱之舊藏郎窯青花

過枝翠竹丹鳳紋斗笠杯入藏記

清朝的康熙、雍正、乾隆三代，是清代鼎盛時期，世稱「清三代」，清三代也是中國瓷器發展史上繼宋瓷後的另一個高峰，清代的官窯瓷器也在清三代發展到頂峰。自清三代後，清朝敗象逐漸顯現，社會矛盾增加，財政漸拙，官窯瓷器的品質也每況愈下，雖有晚清慈禧統治下的所謂「同光中興」，瓷業也奮力一振，但終是國力衰下，晚清官窯瓷器跟清三代相比，不可同日而語。所以，時人收藏、賞析清代瓷器，均以清三代官窯瓷器為主要對象。

宋瓷是以產地命名，例如「汝窯」是汝州燒造的，「定窯」是定州燒造的，而自明代洪武中後期起，景德鎮已是御用瓷器的指定燒造地，「蕭規曹隨」，清朝援用明朝慣例，官窯器也是指定在景德鎮御窯廠燒造。

明清鼎革，社會動盪，烽煙四起。順治時期，滿族入關之初，征戰尚未結束，自康熙「平定三藩、收復臺灣」後，滿族政權在華夏的統治逐漸穩定下來。從康熙中期起，皇帝指定了專門負責燒製御用瓷器的督陶官，清三代官窯，遂以督陶官而命名，例如著名的臧窯、年窯、郎窯、唐窯。臧窯是指臧應選督做的瓷器，年窯是指由年希堯督做的瓷器，郎窯是由郎廷極督做的瓷器，唐窯是由唐英督做的瓷器。

「若要窮，燒郎紅」，所謂「郎紅」，指的就是由郎廷極督燒的一種紅釉瓷器，這僅是郎窯瓷器裡多種釉色中的其中一種而已，由此可見，郎窯在中國瓷器史上佔有重要的地位。

燒造出郎窯的督陶官郎廷極，字紫衡，號北軒，盛京廣寧（今遼寧北鎮）人，家世顯赫，隸鑲黃旗漢軍籍。郎廷極 19 歲即以門蔭授江寧同知，後薦升雲南順寧知府，並先後為官福建、江蘇、山東、浙江等省，康熙四十四年（1705 年）

郎廷極畫像

4月由浙江布政使升江西巡撫，駐南昌。康熙五十一年（1712年）2月兼任兩江總督，調駐江寧（南京）。同年十月，郎廷極出任漕運總督，駐江蘇淮安，3年後（1715年）卒於任內。

郎窯瓷器是指在郎廷極出任江西巡撫的8年任內（康熙四十四年至五十一年間），督理景德鎮御窯廠事務時所燒造的瓷器，其作品設計精妙，製作考究，摹古成就顯赫，成為康熙一朝繼臧窯之後又一輝煌之創舉。對其摹古水準，刊刻於康熙五十四年（1715年）劉廷璣所著《在園雜誌》卷四裡讚歎「近復郎窯為貴，紫垣中丞公開府西江時所造也。訪古暗合，與真無二，此摹成宣，釉水顏色，橘皮

鬃眼，款字酷肖，極難辨認。」

郎廷極除了爲皇家燒造大運貢瓷、賀壽御瓷與摹古宣德、成化瓷窯器以外，尚有設計燒造署寫「御賜純一堂」款之私人用瓷（即本文所說的郎窯私器），流傳至今見青花、鬥彩翠竹丹鳳紋斗笠碗、霽藍釉碗、模印饕餮紋三足爐等數十件，由於前後燒造時間不過3年，存世數量罕少，故而目前對郎窯私器之瞭解極爲有限，有明確流傳記錄的更爲難得，故郎窯私器可遇而不可求。

郎廷極本人嗜古成性，深諳藝事，文人士大夫對精緻生活的營造，閒情逸致的抒發，與專爲皇上燒製的貢品不同，郎窯私器最能體現郎廷極個人的藝術審美品味，因其本身又是督陶官的身份，通曉瓷務，創新釉色，其自用私器也必是精心燒製，非比尋常。

我對郎窯私器感興趣，始於聽了一個學術講座，那是故宮博物院研究館員、學術委員會委員、器物部主任、故宮研究院陶瓷研究所所長、中國古陶瓷學會副秘書長呂成龍老師關於郎窯研究的學術講座。講座在香港會展中心的一個二三十人的小會議室舉行，是佳士得香港主辦的一個學術講座，那也是我第一次有幸認識呂老師。在這場講座裡呂老師講述了他有關郎窯瓷器的研究，談到了近人對郎窯認識不深，研究不透，舉了多個例子。呂老師還專講解了郎窯的官款和私款的寫法、辨別要點，並對「御賜純一堂」款識作了詳細的介紹。呂老師的講座圖文並茂，條理清晰，深入淺出，並以多幅圖片用於說明，因而給我留下了深刻的印象。呂老師學識淵博，不愧是國務院特殊津貼專家。國務院津貼是國務院對於高層次專業技術人才和高技能人才的一種獎勵制度，也是一種榮譽，獲得者被稱爲享受國務院特殊津貼專家，這可不是一般人能享有的！

從那時開始，我就對郎窯秘器非常感興趣了，可惜在拍賣場很少見到有「御賜純一堂」款識的器物。

2014 年 5 月 27 日，香港蘇富比舉辦了一場「仇焱之收藏的把玩器物」（Playthings from the Collection of Edward T. Chow）的專場拍賣，內有玉器、料器、瓷器、鼻煙壺及幾件扇面，全是仇焱之日常把玩的東西。這年頭還有仇焱之的專場，難得啊！當下只要是愛好中國古瓷器收藏的，沒有不聽過仇焱之大名的，他是殿堂級的古董商，有時似乎高不可攀，有時又似乎觸手可及。高不可攀是因為他經手的瓷器品位之高、等級之精，令人仰望；觸手可及是因為他的舊藏在市場流轉時創造了一個又一個的天價，餘風流及，仿佛他就在旁邊。

仇焱之生於揚州，13 歲到上海晉古齋古玩店當學徒，其掌櫃朱鶴亭對古陶瓷鑒定極為善道。仇焱之在朱鶴亭的調教下，勤學敏悟，練就了一雙辨別古陶瓷的慧眼。之後，仇焱之便自立門戶，經營古陶瓷，因其聰敏過人，精通英文，並有獨特的古書畫鑒賞天稟，故十分注重對古陶瓷的畫工紋飾與造型的研究，這在圈內可謂標新立異。

古往今來，古玩鑒賞界就存在「玩畫不屑瓷」、「鑒瓷不研畫」的弊端。而仇焱之如此高屋建瓴的「鑒瓷觀」，沿及今日，在鑒瓷界仍乃先卓。到 1940 年代初，仇焱之憑藉英語流利，經營手眼獨特，成為上海灘商賈雲集的十里洋場中的風雲人物，與烏爾渥斯（Woolworth）的女繼承人芭芭拉・赫頓（Barbara Hutton）、瑞典國王古斯塔烏・阿道爾夫（King Gustav）、大英博物館霍布森（R. L. Hobson）、喬治・歐默福普洛斯（George Eumorfopoulos）及大維德爵士（Sir Percival David）成為至交好友。他們手中讓人眼饞的中國古

陶瓷藏品中，有許多爲仇焱之昔日「經手」或「捐贈」之物。

1946 年，仇焱之以「抗希齋」名義於上海首度展出藏品，所藏的大量明代瓷器廣受注目，因爲在二戰之前，國際上的頂級藏家只注重宋瓷。仇焱之開業界收藏明代瓷器的先河，引導了國際藏家開始青睞明代瓷器。

1947 年，國共內戰，上海風雲動盪，仇焱之審時度勢，赴香港發展，與敏求精舍的創始人胡惠春、徐伯郊等成爲第一批南下香港的第一代收藏家。在 1960 年代中期，內地政治運動波及香港，發生了示威和動亂，香港也動盪不安，仇焱之又舉家離開香港，定居瑞士，繼續經營中國古代陶瓷，並爲日本著名收藏家安宅英一擔任主要顧問。繁忙的生意之餘，仇焱之始終筆耕不輟，於 1950 年相繼出版了《抗希齋珍藏明全代景德鎮名瓷影譜》、《齋珍藏歷代名瓷影譜》，對國外研究中國官窯瓷器的專業人士非常有價值。

作爲蜚聲國際的「藏瓷大王」仇焱之，這個名字早已成爲近現代中國明清瓷器鑒定、收藏的一個符號。坊間有關仇焱之的奇聞異事，無一不提及仇焱之所藏之豐和精。

備受世人佩服的是：仇焱之超人一等的眼力和流利的英語，亦爲其遊刃於古玩業提供了得天獨厚的條件。

1940 年代末到 1960 年代前期的 10 餘年間，大批移民從上海移居香港，在此彈丸之地，仇焱之銜泥築巢般收藏了眾多歷代官窯瓷器，傳其曾以 1,000 港元撿漏明成化鬥彩雞缸杯，被譽爲業內傳奇故事。

某前輩告訴我的版本是這樣的：據說香港某藏家在一家古董店見到這隻明成化鬥彩雞缸杯，一時吃不準真假，就去請仇焱之幫忙掌眼，他們一起到古董店，仇焱之看後對藏家說：不對。一聽是贗品，那藏家失望至極，吁噓而去。夜間輾轉反側，一晚難安，那藏家心裡老惦記著這隻雞缸杯，對它魂牽夢縈，第二天又跑去古董店要求再看看，豈料古董店老闆兩手一攤說賣了。

「賣了？昨天我還帶朋友來看過，一夜之間就賣了？」「是的，就是被你帶來的朋友買走的。昨天你們走了以後，他自己又折回來買走了。」那藏家一聽，氣得肺都要炸了。真是豈有此理！他馬上跑去找仇焱之算賬。

仇焱之見藏家氣沖沖地趕來，已知其來意，就坦然對藏家說：「那隻雞缸杯確是我買了。」他接著又說：「我也知道你會來的，所以我早就準備了一筆錢給你的。」那筆錢當然不是小錢了。錢不是萬能的，沒有錢卻是萬萬不能的，此事就被仇焱之用錢擺平了。

一場衝突，化干戈為玉帛。仇焱之為人處事的老辣和手腕可見一斑。這是聽到的一個故事版本，未知真偽，仇焱之的故事，坊間流傳其甚多，不乏杜撰之說。

2019 年 10 月 29 日，我和知名收藏家、鑑賞家和慈善家張宗憲先生及其太太三人一起敘舊，張宗憲先生當面告訴我，他就是故事裡那位「某藏家」，那隻成化雞缸杯就是他錯失而讓仇焱之以 1,000 元撿漏的。

明成化鬥彩雞缸杯全世間現知僅存 14 隻，仇焱之曾珍藏過 4 隻，他生前只售出過兩隻，其中一隻就是 2014 年 4 月 8 日經香港蘇富比以 2.81 億港元被劉益謙競得，創中國瓷器售價的世界紀錄，接受電話委託幫劉益謙舉牌的正是仇焱之的

孫子仇國仕，這是我在拍賣現場親眼目睹的。

收藏甚豐，且多精品，以收藏爲主，買賣爲次，這是仇焱之的收藏經營之道。仇
焱之生前，曾在 1979 年賣給上海博物館瓷器 167 件。仇焱之 1980 年病逝於瑞
士，所有庋藏由裔嗣交蘇富比拍賣公司在香港、倫敦分別拍賣。1980 年春季及

秋季拍賣其 175 件藏品。1981 年及 1984 年又分別拍賣其收藏的古玩精品。這些拍賣曾經引起極大的轟動，盛況空前，並從此掀起了中國藝術品在國際市場上的拍賣高潮。經過這幾場拍賣，仇焱之生前蒐集的精品，大部分都釋出散佚了。2014 年 5 月這一場香港蘇富比的「仇焱之收藏的把玩器物」應是最後一個仇焱之專場了。

「時至今日，祖父的舊藏仍是蘇富比專題拍賣的亮點。」蘇富比亞洲區主席、中國藝術品部國際主管及主席、也是仇焱之的孫子仇國仕先生在介紹「仇焱之收藏的把玩器物」專場時是這樣說的。祖父收藏的把玩器物，由其親孫子主持拍賣，真有意思。時代不同了，他的孫子早就全盤洋化，想來不會有故國之思、故物之念了。《紅樓夢》裡王熙鳳說「大有大的難處」，家族裔嗣財產的事情，如何處置，外人哪得知曉？我等不費這個心去無端猜想，只是覺得：這個專場是由他親孫子掌眼操持，以蘇富比的品牌和仇國仕的聲譽，本專場器物當然是貨真價實的仇焱之把玩物無疑。

我非常關注這場專場拍賣，因為前面那幾場轟轟烈烈的仇焱之專場拍賣時，我還在上幼稚園，自然無緣參加了。這一場拍賣會，總算有機會一窺其盛，雖然未必是他舊藏裡最精美的珍藏，但以他的眼光和品味，其遺留的個人把玩，同樣值得看重。一頁一頁地細看圖錄，沒想到的是拍品裡竟有對「御賜純一堂」款識的青花過枝翠竹丹鳳紋斗笠杯。那不是貨真價實的郎窯嗎？我就盯上了。

郎窯燒製的時間是康熙四十四年（1705 年）四月至康熙五十一年（1712 年），也就是短短的 8 年，而燒造署寫「御賜純一堂」款之私物，僅得 3 年。所以郎窯私器是存世極少，同時由於郎窯紅名聲太隆，引得世人對郎窯紅格外地關注，反而對郎廷極為自己燒造的私人用瓷器不夠關注。

一對「御賜純一堂」款識的青花過枝翠竹丹鳳紋斗笠杯

在這個專場裡，還有 10 幅扇面古畫，有藍瑛、文彭的，以仇焱之眼力之精、瓷畫雙修的本領，這些古畫當然是對的，而且這是個器物專場，不是書畫的專場，應該不會引起書畫藏家的關注，看來我還可以順手低價撿漏幾幅明代名家書畫了。

開拍前 10 分鐘，安坐在香港太古廣場 5 樓蘇富比拍賣廳的我忽然看見廣東東莞的大藏家盧慶新先生帶著四五個人搖搖晃晃地進來了。糟了！盧先生是書畫收藏的大藏家，在拍賣場屢屢揮金如土，臉不變色，是我很佩服的人。我跟盧先生在拍場上交過手多次，其中一次是香港蘇富比上拍的一件傅抱石畫作，只有一平尺多，但極精，底價是 50 萬港元，我一直舉到 250 萬，結果 280 多萬才落槌，盧

廣東書畫收藏家盧慶新
先生和馮瑋瑜

先生競得。另外一件也是香港蘇富比上拍的楊之光畫作《家家都有讀書聲》，尺幅為 2.8 平尺，底價才 10 多萬，因為我也收藏有數十幅楊之光畫作，而這幅是我沒有的題材，就去參加競拍了，沒想到後來又是我跟盧先生二人之爭，一直舉到 150 多萬，遠遠超過楊之光當時的市場價，正常也就是二三十萬之間（因為不是裸女，楊之光裸女畫會貴一些），我又被盧先生打敗了，這個畫價也創了楊之光書畫價格的紀錄，這個紀錄至今未破。

類似這樣的交手有過多次，我們同是來自廣東，惺惺相惜，一直是好朋友。我一直很尊敬和佩服盧先生在拍場上捨我其誰的氣概。盧先生也曾對我說：「廣東現在真正自己出錢搞收藏的只有兩個人，一個是你，另一個是我。其他的不是幫老闆掌眼當買手，就是轉手買賣的行家。」盧先生是大藏家，常常大手筆入藏，他當之無愧；我只是喜歡而已，怎敢以廣東數一二的藏家自許？

果然，在這場拍賣裡我看中的藍瑛、文彭等幾張扇面，又是被盧先生高價搶去了，前一口往往還是我舉牌出價的。後來我去東莞拜訪盧先生，還專門看看這幾張失之交臂的名畫，還為此事問他怎麼會關注仇焱之這個專場裡面的東西，盧先生說他一向沒留意古董器物的拍賣，只關注書畫，原先也不知道蘇富比仇焱之這個專場裡面還有明人扇面，只不過前一天晚上跟香港蘇富比書畫部總經理張超群先生吃飯時，張超群介紹說：仇焱之這場有幾件書畫是好東西。所以就過來了。被盧先生橫刀奪愛，真的不是你的東西不入你門，沒辦法，收藏是要講緣分的。

失之東隅，收之桑榆。名畫被盧先生搶去了，後面這對郎窯青花斗笠杯就更不容有失，其實從一見到這對杯子起，我就下定決心：這對杯子非我莫屬，絕不作他人之想。

天遂人願，經過激烈競爭，這對郎窯私家名器斗笠杯終於讓我穩穩當當地拿下了，比底價高出 4 倍多。「月中丹桂連根拔，不許旁人折半枝。」這是明代弘治年間柳先開與倫文敘爭狀元時的詩句，也是我那一刻的心聲。

這對郎窯青花過枝翠竹丹鳳紋斗笠杯是由仇焱之收藏把玩過，由香港蘇富比以「仇焱之收藏的把玩器物」專場釋出，可算流傳有緒，是非常重要的郎窯私器，為我們窺知郎窯私器之面貌提供極為難得的參考樣本。

依據上海博物館陶瓷研究部主任陸明華先生與前香港中文大學文物館館長林業強先生二人之考證，「純一堂」乃康熙四十二年（1703 年）康熙皇帝第四次南巡之際御賜給郎廷極的堂號，因是皇帝賞賜，故署以「御賜」二字，以示恩寵。《江西通志》記載：「四十六年四月御書賜巡撫郎廷極『布澤西江』匾額及對聯

郎窰青花斗笠杯的「御賜純一堂」款識

『政敷匡岫春風滿，會洽鄱湖澍雨多』。郎廷極並將四十二年爲浙藩時御賜『純一堂』及『清愼』二字皆鉤摹懸諸廳事。」故「御賜純一堂」款的使用不會早於康熙四十二年三月。自此御賜純一堂成爲郎廷極最爲榮耀之身份象徵，並篆刻爲章，與翰墨相隨，郎窰設立之後，又在郎氏自治瓷器之中開始使用。

「純一」是指爲人純樸、單純。漢代王充《論衡‧本性》：「初稟天然之姿，受純一之質，故生而兆見，善惡可察。」晉朝干寶《晉紀總論》：「漢濱之女，守潔白之志；中林之士，有純一之德。」郎廷極取此爲堂號既有自勉之意，亦見其爲官清廉之品行，正與「純一」之義呼應。

根據現存實物可知，與此對杯類似的郎窰翠竹丹鳳紋斗笠杯，見有青花與鬥彩二種，分別爲香港中文大學文物館和北京故宮博物院典藏，亦見數例爲私人收藏。後來，我在保利拍賣的竹月堂專場又入藏了一隻「御賜純一堂」款識的鬥彩翠竹

香港中文大學文物館前館長
林業強先生和馮瑋瑜

丹鳳紋斗笠杯，把兩種都入藏了，此乃後話。

2017 年 5 月 29 日晚，我跟林業強先生聚會香江，談起這對出自仇焱之舊藏的郎窯小杯，林先生還記憶猶新，說道：「當時就建議香港某著名收藏家去收藏這對郎窯小杯，哪知最後還是落在你手裡。」

郎窯私物之前僅見「御賜純一堂」和「御賜純一堂珍藏　大清康熙年製」」兩種款識，後一種款識的，竹月堂簡永楨先生就藏有一隻。在 2022 年 10 月我和簡永楨先生、黃少棠先生應嘉德（香港）拍賣有限公司 10 周年慶典邀請而聯合舉辦「御案存珍——竹月堂、明成館、自得堂藏清初三代御窯單色釉文房瓷器展覽」時，簡先生把那隻碗也展示出來了。

在郎窯的這兩種款識裡，這對青花斗笠杯是其中之一，實為不可多得的郎窯精

斗笠杯翠竹丹鳳紋飾延
綿內外壁的「過枝花」
技法

品。這對青花斗笠杯正方倭角雙框寫款，與故宮博物院典藏近乎一致（參閱：《清
順治康熙朝青花瓷》，紫禁城出版社，2005年，頁212、213，編號131）。
此杯俊秀輕盈，胎土精良，體薄質堅，釉色瑩潤，潔白如玉。青花發色純淨，清
雅怡人。杯中內外壁以青花淡描一竹一鳳，對稱佈設，裡外相襯，相得益彰。一
器之內翠竹凝春，丹鳳鳴祥。所畫翠竹丹鳳，一靜一動，饒添野趣。青花淡雅，

香江藏富

呂成龍先生和馮瑋瑜在故宮古器物部門前合影

紋飾清新，畫筆清秀細膩，靈動秀逸，其佈局別具巧思，翠竹於器足上攀，丹鳳展翅，均延伸過壁至杯內壁，連續不斷，使內外圖案既獨立成章又渾然一體，構思之精令人歎絕。此式裝飾技法名曰「過枝花」。

這「過枝花」技法始見明末崇禎年間，官窯當中第一次使用僅見於雍正御瓷。而這對青花斗笠杯燒造於康熙朝後期，雍正朝之前。上承成化淡描青花遺風，下開雍正青花風格的先河，當爲雍正御瓷先聲。此技法之應用非一般工匠所能爲之，唯有畫技出神入化者方能駕馭。凡運用此法者，皆品質非凡。

此杯設計匠心獨具，精巧怡人，疏朗清雅，色妍而不俗，殊爲妙品，執之甚適於

心。督陶官郎廷極的私人用瓷，能成對流傳數百年，仍保存完整，完美無瑕，實屬不易。

2016 年 1 月，我到北京故宮博物院參觀「清淡含蓄——故宮博物院汝窯瓷器展」時，專門去故宮古物研究所拜訪呂成龍老師。從故宮東華門進入，向右跨過一座漢白玉橋，進入幾重院落，就到了古物研究所了。

記得第一次去故宮拜訪呂老師，那是一個炎熱夏天下午，東華門裡也沒有遮天蔽日的大樹遮陰擋陽，呂老師冒著烈日大太陽，專門從古物研究所走過白玉橋來接我，令我非常意外，也非常感動！呂老師是著作等身的大專家、大學者，我只是個來請教的小字輩，何德何能，要老師在烈日炎炎之下走這麼遠來接我。人們常說越是有本事的越謙遜待人，果是所言不虛。後來與呂老師常有接觸，每當我請教他時，呂老師總循循善誘，誨人不倦。後來我多次到故宮向呂老師請教，熟門熟路，就逕自去呂老師辦公室，不用呂老師走那麼遠路出來接了，但呂老師每次都會站在門口接我。每次送我，不是僅僅送出門，而是一直要送出院子。呂老師不但知識淵博，而且平易近人。宮裡面真正的專家，確是不一樣。

這次拜訪呂老師，我特別請教呂老師有關御賜純一堂款識問題，呂老師把他資料調出來對比，果是一致的。

2016 年 9 月 4 日，中國嘉德國際拍賣有限公司陶瓷部總負責人于大明總經理、張迪老師來廣州我家作客，于總是老熟人，他每次到廣州，我們總會見面聚聚，張迪認識更久了，不過她當媽媽後，因孩子還小，這一兩年較少離開北京，這次和于總一起南來廣州，除了廣州徵集，還順便帶了幾件秋拍即將上拍的瓷器讓我

（上）于大明先生（中）、張迪女士（左）和馮瑋瑜在鑒賞郎窯青花斗笠杯
（下）手捧青花杯，身穿青花裳，兩相輝映，清雅怡人。

先睹為快。瓷器是我們離不開的共同話題，我拿出了這對郎窯小杯一起共賞，于總和張迪都稱讚不已。

2022 年底，正觀堂梁曉新先生作為策劃展人組織在北京保利藝術博物館舉辦「貢之廊廟光鴻鈞——康熙奇珍‧郎廷極藝術展」，他老早就給電話我，說保利藝術博物館是正兒八經的國有的 5A 級博物館，要我支持一些郎窯藏品參加展覽。在 2023 年的年初六，他就趕到香港，在香港保利拍辦辦公室跟我談展品徵集的事。因為我的藏品在香港，我也把這包括這對青花斗笠杯帶上，梁曉新捧著這對小杯觀看良久，才感歎地說：「類似的郎窯青花過枝翠竹丹鳳紋斗笠杯，我還見過有規格更大的，而你這對小而精緻，更為難得，款識也是一致的，應該是同一人所寫。有款識的郎窯存世不多，你這還是一對，又有好的來源，真是難得啊！」

郎窯瓷器名聲很大，但大多沒留款識，如郎窯紅釉瓷器，就是沒有款識的，也許當時是為了仿明代宣德紅釉而故意不落款，而郎窯瓷器不僅僅只有郎窯紅釉，還有郎窯綠釉等等，只不過郎窯紅釉是最享大名，沒有落款就會帶來後世對郎窯瓷器辨別鑒定的困難。現在有專家、學者通過深入研究，已能辨別出某種「大清康熙年製」的款識寫法，確定哪些是郎窯瓷器。呂老師對郎窯瓷器的研究也很有心得和成果。

我手上這對郎廷極私人用瓷器，落「御賜純一堂」款識的，傳世不多見。而且是經過仇焱之的遞藏和蘇富比的拍賣，流傳清晰有緒，更是難得。

除了歷史文化的傳承，一件器物有故事便也就有了靈魂。當我把這對青花斗笠杯拿出來把玩時，想到 300 年前一個堂堂兩江總督、漕運總督的朝廷高官燒製的私

人用瓷，特別是本身也是督陶官的他，通曉窯務，自用瓷器是那麼的精美漂亮，而 300 年後我區區一個西關民女，竟也可以使用同一器皿，實有「舊時王謝堂前燕，飛入尋常百姓家」之感。

如果時光可以穿越，當我拿著這對小杯站在他面前時，他是否會把我當成是端茶遞水的丫鬟呢？如果我舉杯相邀他一起品茗賞月，他是否會欣然入座，閒話此杯燒造的因由？他是否會感歎：縱是曾經金玉滿堂，抵不過曲終人散，繁華落盡，鏡花水月夢一場？

時光荏苒，滄海桑田，是非成敗轉頭空，這對青花過枝翠竹丹鳳紋斗笠杯，非得有心人持護，才可完美流傳 300 年，今日在我手中，依舊完好如初，清雅怡人，它舊日的主人，已漸行漸遠。往事如煙俱往矣，數風流人物，還看今朝。

藏品名稱：郎窯青花翠竹丹鳳過枝紋斗笠杯一對
年代：清代康熙
款識：青花正方倭角雙框「御賜純一堂」
尺寸：7 厘米
來源：仇焱之舊藏
　　　（2014 年 5 月 7 日香港蘇富比「仇焱之收藏的把玩器物」　編號：96）
展覽：2023 年 3 月 28 日至 4 月 16 日保利藝術博物館「貢之廊廟光鴻鈞──康熙奇珍‧郎廷極藝術展」

忽驚午盞兔毛斑

宋代瓷器，有燒製天青釉的汝窯，有燒製白釉的定窯，也有燒製黑釉的建窯。當我有意向收藏白釉的定窯，同時就想到也要收黑釉的建窯。為什麼？因為一白一黑，那才有對應，才不孤獨。《水滸傳》裡有個「浪裡白條張順」，就另有個「黑旋風李逵」。金庸的武俠小說，大多只要有個白大俠或白梟雄，必然就有個黑的襯著，什麼「黑無常、白無常」的，什麼「黑白雙煞」之類，反正白不配黑，黑不配白，就不般配！知白守黑，收了個白的定窯，就得繼續收個黑的建窯，這樣它們就般配了，就像宋代的官人和娘子一樣，成一對兒了，就會安安分分地留在我這裡了——我的初心就是這樣的。

宋代的黑釉瓷器，最有名的當屬建窯。建窯即建州窯，位於福建省建陽縣水吉鎮，唐宋時隸屬於建州，故稱建窯。建窯始燒於五代末年，繁榮於兩宋，衰落於元末，至清代而終。

建窯雖不入宋代「五大名窯」之列，但建窯在中國古陶瓷史上也聲名顯赫，以燒造黑釉瓷器聞名於世。因為當地的瓷土含鐵量極高，故胎色深黑堅硬，有「鐵胎」之稱，這是全國其他地方所沒有的，所以其他地方燒不出來。一方瓷土造就一方名窯，正是這裡的瓷土成就了建窯。

建窯的鼎盛時期在南宋，其傑出成就表現在變幻莫測、絢麗多彩的釉色方面，黑釉得到淋漓盡致的發揮，並與青瓷、白瓷形成「三分天下」之勢。

建窯原是江南地區的民窯，北宋晚期由於「鬥茶」的特殊需要，燒製專供宮廷用的黑盞，部分茶盞底部刻有「供御」或「進琖」字樣，底部帶這樣刻字的茶盞應是為宋代宮廷燒製的貢品。

在宋代，以「三綱五常」為基本內容儒家理學被奉為道德標準，在這種思想的支配下，人們的美學觀點也相應發生變化，崇尚內斂，推行簡樸。這種理學思潮折射到瓷器藝術風格上，便形成宋瓷對內在寓意的刻意追求。如建窯的油滴盞、兔毫盞等，都不是普通的浮薄淺露、一覽無餘的透明玻璃釉，而是可以展露質感美的結晶釉。這種追求內在意蘊的藝術風格，在建窯珍品上得到淋漓盡致的體現。

建窯能夠在鬥茶盛行的宋代獨受青睞，主要是黑釉茶盞利於襯托白色茶沫，易於觀察茶色而廣受時人喜愛。但僅有黑色釉是不夠的，建窯的主要魅力在

於碗盞黑釉表面的窯變斑紋，具有千變萬化、綺麗多彩的奇特藝術效果。如果沒有釉面窯變斑紋，則只是普通的黑釉盞，也就突出不了建窯的特色；如果各件建窯器物的釉面窯變斑紋千篇一律或優劣差別不大，建窯就不會名揚天下。

「兔褐金絲寶碗，松風蟹眼新湯」，這是宋代的大書畫家黃庭堅對黑釉兔毫盞的讚譽之詞。還有蘇東坡、蔡襄、宋徽宗都對它有過流傳至今的讚美之句，為何一隻小小的黑釉茶盞在當時會受到如此之多的名人雅士，甚至皇帝的關注與稱譽呢？這是由於宋代當時人們飲茶、鬥茶之風的盛行所致。宋人飲茶較之唐人更加細膩和精緻，一改唐人直接將茶末放入茶釜中煮茶的方式，並且更講究藝術化。點茶是他們生活的重要內容，於是宋代的茶具又有了新的面貌。所謂點茶，可分為兩種方式：一種是抹茶，把餅茶在茶碾裡研碾成末後注入沸水點啜飲用；另一種就是鬥茶，是把餅茶在茶碾裡研碾成茶末，置於盞中，然後澆入少量沸水沖點，把茶末調成膏狀，再加水，用茶筅快速擊拂攪拌茶末（類似如今打蛋），使之泛起厚厚的茶湯白沫，白沫浮面緊貼盞沿不退的稱之為「咬盞」，鬥茶時不能出現茶面白沫與茶湯分開的現象，或不咬盞，鬥茶就是互相比較雙方的茶湯泡沫的質量及持久度。鬥茶時茶色亦尚白，以致需要黑釉茶盞來襯托茶色，以便觀察評判。由於黑釉茶盞利於清楚地觀察茶面上白沫的變化情況而廣受時人喜愛，而那黑如漆器般的兔毫盞釉面上所現出的絲絲黃褐色的自然紋理，與茶湯、白沫共冶一起，給當時盛行此風的人們帶來一種神奇、美妙的全新感覺，使人們在視覺上得到一種極大的享受。

那什麼叫「兔毫盞」？因其在黑或褐色釉釉層中透射均勻細密、狀若兔毫的自然結晶釉紋，故名。

透射著均勻細密、狀若兔毫的自然結晶釉紋的茶盞叫兔毫盞

兔毫盞的出現，有它特定的時代意義，因為它符合當時人們生活及精神上的需求，符合宋人那種恬淡典雅，但在平靜中求變化的審美情趣。而且建盞胎厚，捧在手中不燙，也適宜於茶湯保溫，尺寸較大方便在盞中擊拂，具有實用性，加上在宋代它的成品率就不高，物以稀為貴，因此兔毫盞在當時就被帝王貴冑、文人士大夫及禪門僧侶所珍藏使用，成為「茶家珍之」的茶具。

南宋人吳自牧所著的《夢粱錄》有云：「燒香點茶，掛畫插花，四般閒事，不宜累家。」鬥茶在宋代成為生活風尚，因此鬥茶的重要用具建盞，也由此風靡全國。元代以後中國改點茶為散泡，飲茶方式的改變，導致建盞無用武之地，從此淡出人們的視野。

香江藏富

收藏建窯茶盞，我秉承自己的收藏原則，同樣走精品收藏路線。因為建窯曾經燒製過供宋代皇家使用的貢品，所以就設定先從貢品入手，也就是收藏有「供御」和「進琖」底款的建窯茶盞。

建窯的精品與普品的差價大得驚人，例如以市場成交價看，2016 年 4 月 6 日香港蘇富比春季拍賣會「羅傑‧瑟金頓專場」裡編號為 12 的一隻南宋建窯兔毫茶盞成交價高達 600 萬港元，而同期的建窯盞不過 10 萬元左右，其差價可見一斑。這隻 600 萬港元的建窯盞還是沒款的非貢品！

建窯器物每年都有上拍，但有款識的可謂鳳毛麟角，市場並不多見。這些年我一直默默關注著市場。

2013 年 10 月 8 日，中國嘉德（香港）的秋季拍賣會有一件編號 605 的宋供御款黑釉茶盞出現，那場拍賣，我正一心一意研究同場出現的一件五王府款定窯葵口盤，因為五王府款的定窯器比供御款的建窯更為少見，故對這隻建窯盞沒有深入研究（不研究清楚我是不敢貿然下手的），一下子就錯過了。哪知五王府款定窯不敢下手，這件供御款建窯又錯過了，每每想起此事，都遺憾不已。

2014 年 4 月 9 日，中國嘉德（香港）的春季拍賣會同場出現兩件宋建窯兔毫盞上拍，編號分別為 777 號和 778 號。778 號帶有進琖款，估價為 300 至 500 萬港元，而 777 號沒有款，估價僅為 5 至 8 萬港元，有款跟沒款相比，差價近 100 倍。

嘉德這隻進琖款建窯兔毫盞，我上手看過，仔細思量，終是放棄，原因很簡單：

沒有傳承記錄。300 到 500 萬買一隻沒傳承記錄的建盞，即使器物各方面都不錯，我也感到太貴。對我來說，老窯瓷器的傳承記錄是很重要的參考指標，這個傳承記錄是有價值的，簡單來說：有傳承記錄的器物要加價，沒傳承記錄的價格就得低些。就像書畫裡拍賣市場定價一樣，是否有在《石渠寶笈》著錄，其市場價有天淵之別一樣。

功夫不負有心人，一直等到 2015 年 9 月 16 日，紐約蘇富比公司的一場「重要的中國藝術品」拍賣會上，出現一隻編號為 263 的宋建窯黑釉褐斑兔毫碗，底刻有「進琖」二字，圖錄的來源介紹是 1970 年購於廣州的一位茶葉鑒賞家的收藏品裡。

遙想在 1970 年代，國內政治運動還在進行中，人們思想還充滿著革命激情，在「破四舊、立四新」的革命思想影響下，對「封資修」舊物恨不得全部砸爛。那時候人們思想唯恐不夠革命，唯恐被「四舊」東西影響自己的生活，哪會去做仿製作贗的事。至於古董原來會很值錢——那年代是做夢都夢不到的事。那時候的「廣州茶藝鑒賞家的藏品」，想必是老戶人家祖上留存下來的，這黑不溜秋的東西也沒多少人關注，才可安然度過那艱難的歲月。

在宋時就享有很高聲譽的兔毫盞，對於現在的國內許多古陶瓷愛好者來說，對它的認識只不過是於 1980 年代以後，那時候就知道一個黑釉土碗能值幾十、幾百元。當然，那時及以前也不必擔心有贗品出現。當一種東西一旦有了高價，有了市場的需求，在利益驅動下就會有人造假，於是在 1990 年代起就有了仿宋兔毫盞的出現。近幾年來，隨著造假者在胎、釉、做舊處理等技術上的突飛猛進，可以說目前的仿宋兔毫盞已經幾乎達到以假亂真的水平了，甚至能讓許多藏家看走眼。

蘇富比亞洲區董事李佳小姐和
馮瑋瑜在蘇富比香港辦公室

所以收藏老窯瓷器，包括宋代建盞，我個人認爲：傳承有緒是很重要的一個因素。
這隻 1970 年代有過紀錄的老貨，從來源上應是可靠的，但還得看實物。

這隻建窯茶盞遠在紐約，我立即請蘇富比拍賣有限公司亞洲區董事、中國藝術部
大中華區資深專家李佳女士幫我現場看貨，看品相。李佳在紐約對這隻建盞拍下
各個角度的照片傳訊息給我，並把蘇富比的品相報告也發了過來。《狀況報告》
（*Condition Report*）是這樣表述的：「整體品相良好，釉面見正常使用痕跡。」
（The bowl is in good condition, the surface with expected wear.）。品
相良好，那我就放心了。

另外我還電話諮詢正在紐約看這場拍品的黃少棠先生，請他幫忙掌眼。後來黃先生告訴我說那隻建盞是開門貨。於是，我就下了電話委託單，李佳告訴我，已特意安排拍賣時由香港蘇富比的同事與我通話，可以說粵語，他會按我的指示舉牌出價。李佳真是對我照顧有加，想得蠻周到的。

拍賣是紐約當地時間下午 2 點開始，廣州時間就是晚上深夜了。當晚深夜，紐約蘇富比來電先行與我通話，測試一下電話線路是否暢順，並告知我大約一小時後才會輪到，快到時會提前來電的，讓我先小睡一會兒。

怎麼睡得著呢？人在等、等、等，夜已深、深、深，時間一秒一秒地過去，萬籟俱靜，夜裡等待的時間過得特別漫長，特別折磨人，無奈只好隨手拿起書翻翻看看，不求甚解，只是打發時間。

深夜電話鈴聲特別響亮，心也隨著鈴聲撲撲跳了起來，終於等到紐約蘇富比的來電，他說還差 5 個號碼，不急，提前打過來，防止國際長途急時打不通。這就好了，我馬上向他瞭解：拍賣現場人多不多？國內去的多不多？人氣旺不旺？成交率怎樣？成交價怎麼樣……出價前掌握這些現場資訊，對我提前預判，酌定競價的底線，有莫大的裨益。電話那頭的人描述了現場的狀況和前幾件拍品的現場報價：成交價基本在估價區間內，還不時有流拍。結合現在經濟形勢不好，藝術品行業正在艱難地過冬，我判斷這隻建盞成交價不會太高，應能在估價區間內拿下來。他也認同我的判斷。

262 號流拍，終於等到 263 號了，由於前面拍得不太理想，對這件拍品，拍賣師乾脆以低於底價起叫，我馬上出價，如果沒人爭，那我就能以低於底價競得了，那可就真是「撿漏」了。

我的黃粱美夢還沒做完，就讓大洋彼岸地電話報價狠狠地敲醒了。一口、二口、三口……叫價不斷，情況與我預判的完全相反，怎麼那麼多人爭？他告訴我：跟前面拍那幾件不一樣，這件拍品現場有幾支牌在爭，還有其他電話委託也加入戰團，攪混在一起……你一口我一口，在這種多人競拍的情況下，很難確定拍品的合理價格是多少了。其價格只能由最後舉牌的兩位買家說了算，只要一個不放手，價格就得繼續上去。

終於，這隻建窯盞以高於低估價 7 倍敲槌成交——當然是我競得。如果不是我心理強大，在形勢與自己預判相反的情況下，沒有被瞬間打懵，而是審時度勢，沉著應對，立即調整策略，一口一口咬著出價，才能得償所願。

落槌後不到 5 分鐘，黃少棠先生的徒弟便傳訊息過來問是否我拿下那隻建窯盞，說黃先生沒有競得。啊？我事前並不知道黃先生也參與了這隻建盞的競投。好東西必然有好價格，眾目睽睽之下，「漏」都被堵上了，這年代真沒漏可撿了。

我以高出底價 7 倍的落槌價競得，再加上 25% 的佣金，實際上近 9 倍底價了，我也弄不明白：怎麼我看中的東西老是有人跟我爭呢？莫非今年春節沒有去黃大仙燒香？建窯那方水土好像是媽祖管的，我真的沒到天后廟去拜過媽祖。

當這隻進琖款建窯兔毫盞從西半球回到東半球，我一上手，嘩！好沉啊！重如鐵渣，有很明顯的壓手感，真是個「鐵胎」啊。從重量手感來說，完全符合建窯瓷土含鐵量極高的特徵。此建窯盞斂口，口大足小，形如漏斗，距口沿一厘米處向內凸起圓稜一道，口沿上的釉大多是深黃褐色的，釉水上薄下

建窯褐斑兔毫盞底部及進琖刻款

厚，這是由於在 1310±20℃ 的燒成溫度下，釉水大量向下流動的結果。它的主要成分爲三氧化二鐵。而由於口沿處的釉較薄，當用手撫摸口沿時有毛糙扎手的感覺。該盞外壁近足處無施釉，近圈足處黑釉自然垂流凝結，並形成五顆滴珠狀結晶釉。

盞裡褐色的兔毫絲是鐵晶體的聚集物，兔毫紋形成的機理與胎釉含氧化鐵成分高有極大的關係：在高溫燒製過程中，釉受熱產生的氣泡將熔入釉中的鐵微粒帶至釉面，當溫度達 1300℃ 以上時，釉層流動，富含鐵質的部分逸出釉面，向下垂流，冷卻時金屬介質留在釉層表面就形成細長似兔毫的條紋。

翻過來看它的底部，只見胎呈紫褐色，粗而堅硬，胎土中多含沒能完全粉碎的較大顆粒，顯得略爲粗糙，這是由於當時的加工手法及工具都較現代落後的緣故。

香江藏富

如果修足精細，反而不符合宋代建窰的工藝水平。盞的底足淺挖近似實足，圈足內留有少許淺黃色的墊餅殘跡。這些殘跡由於和胎土燒結在一起，所以很難將之除去。

最為重要的是進琖刻款，該款是在凹淺底上刻寫，刻痕較深，字體草率有力，刀法自然。我用高倍放大鏡認真觀察，確認是燒製前所刻，而不是後刻，因為刻痕與周邊的胎土經高溫燒造而形成的包漿與後刻是完全不同的，不難分辨。

這隻建盞造型敦厚古樸，線條自然流暢，修坯隨意大方，一眼看去給人一種古意煥然的感覺。宋代建盞那種粗、紫、黑、堅的沉重感和歷經千年風霜的歷史感，一一呈現眼前。怪不得嗜茶的宋徽宗在親自撰寫的《大觀茶論》中說：「茶盞貴為黑，玉毫條達者為上，取其煥發茶采色也……」不僅如此，宋徽宗還親自碾茶、點茶、賜茶，並極風雅地說：「此自布茶。」

宋代重臣蔡襄總結數十年來的鬥茶習俗，撰寫了一部茶藝史上具有劃時代意義的著作《茶錄》，書中記載：「茶色白，宜黑盞。建安所造者紺黑，紋如兔毫。其坯微厚，熁之久熱難冷，最為要用。出他處者，或薄或色紫，皆不及也。其青白盞，鬥試家自不用。」《茶錄》充分肯定建盞的功用和獨特地位。於是，建盞便成為皇族、士大夫喜愛追尋的茶具，建窰由此進入鼎盛時期，生產規模不斷擴大。當朝廷有訂製要求時，就按朝廷所需生產足底銘有「供御」、「進琖」的建盞進貢朝廷。《大宋宣和遺事》記載的北宋政和二年（公元 1120 年），「（徽宗）又以惠山泉、建溪異毫盞，烹新貢太平嘉瑞茶賜蔡京飲之」，也可作為建窰茶盞進貢宮廷使用的文獻佐證。

呂成龍先生和馮瑋瑜在
「知白守黑」開幕式合影

歷代文壇巨匠紛紛暢懷謳歌建盞。蘇東坡詩云：「道人繞出南屏山，來試點茶三昧手，勿驚午盞兔毛斑，打作春甕鵝兒酒。」僧人惠洪詩云：「點茶三昧須饒汝，鷓鴣斑中吸春露。」蔡襄詩云：「兔毫紫甌新，蟹眼清泉煮。」

楊萬里詩云：「鷓鴣碗面雲縈字，兔褐甌心雪作泓。」陸游詩云：「颼颼松韻生魚眼，洶洶雲濤湧兔毫。」

隨著入藏了這隻「進琖」款識的建盞，白定與黑盞都安於我的自得堂，而我與建窯的故事還在繼續。

香江藏富

古陶瓷鑒定泰斗耿寶昌老師
和馮瑋瑜

2015 年 11 月 11 日，倫敦蘇富比也有一隻供御款的建窯盞上拍，編號爲 75 號。因爲我已經拍下了一隻進琖款的，如果再拿多一隻供御款，那就傳世的供御、進琖都齊了。我理所當然地委託下單，拍前一日，李佳給我發來急信：「75 號拍品撤拍，有爭議。」幸虧蘇富比做事靠譜，讓我避過一劫，否則急於求成，急著要收齊供御、進琖款，那就吃大虧了。所以收藏之路是萬萬急不得的，同時也說明，沒有傳承記錄，突然橫空出世的東西，眞的要萬分小心。來日方長，長風破浪會有時，以後總會能配齊的。

後來，我終於入藏了另一隻供御款的建盞，湊成了一對。那又是另一個故事了。

2016 年 4 月 20 日，由深圳文物考古研究所主辦的「知白守黑——北方黑釉瓷精品文物展」在深圳開幕，「北方黑釉瓷研討會」也同時舉行，來自全國各地和海外的專家學者共計 60 餘人出席，文博系統和民間研究者濟濟一堂，共同關注中國古代黑釉瓷的考古、工藝理解、審美價值、黑釉發展與社會生活變遷等相關問題，這是近年最高水平的黑釉瓷學術會議。

全國博物館都有重量級專家學者參與，當時德高望重的古陶瓷泰斗耿寶昌老師不顧 94 歲高齡專程由北京飛赴深圳參加會議，北京故宮博物院呂成龍先生、中國國家博物館耿東升先生、香港天民樓主人葛師科先生、上海博物館李仲謀先生、廣東省博物館黃靜女士、深圳博物館副館長郭學雷先生、深圳市文物考古鑒定研究所所長任志錄先生、深圳望野博物館館長閻焰先生等等都到會，出乎意料之外——我也被邀參加，恐怕我是在座最年輕的一位，在座都是大學者、大專家、大藏家，一時群英璀璨，星光熠熠，真是「保安人物一時新」。

會上任志錄、郭學雷、閻焰等多位專家學者作了專題學術報告，我有幸親耳聆聽各位專家學者的發言，獲益良多（會後我還專門要來現場錄音，反覆聆聽，學習鑽研），特別是耿寶昌老師的治學態度，讓我深受感動。耿寶昌老師說：「黑釉瓷是古代陶瓷中的特色品種，在古陶瓷收藏漸熱的當下，觀眾可以通過鑒賞唐宋以來的黑釉瓷精品，感悟隋唐宋元的審美情趣及文人面貌。」耿老師還謙遜地說：「自己雖然一大把年紀，卻還是個學生。」耿老不是說說而已，在研討會上，他還像個學生一樣舉手提問，惹來全場一片掌聲，大家都被耿老感動了。當時會議安排我坐在耿老的後面，對這一幕看得清清楚楚，耿老認真的治學態度深深地感動了我，對我這等後生晚輩來說，實是一場讓人難以忘懷的言傳身教。

在這場研討會上，還有幸遇見天民樓主人葛師科先生。天民樓藏品歷經父子兩代

（上）「北方黑釉瓷研討會」上的古陶瓷鑒定泰斗耿寶昌老師和馮瑋瑜

（下）天民樓葛師科先生和馮瑋瑜在「知白守黑」研討會上合影

宋代進琖款建窰褐斑兔毫盞

香江藏富

相傳，以藏品精美而笑傲江湖。有個圈內朋友跟我說個故事：某次為了核對某件難得一見的天價元青花的真贋，就冒昧去天民樓跟葛先生商量，能否看看天民樓藏的同樣器物而作為標準件來參照對比一下。大家都知道天民樓所藏元青花瓷器既精且好，是可作標準器。葛先生一下子就拿下了幾件出來，這可把朋友震住了：一件已是價值不菲的寶貝啊！天民樓的藏品太嚇人了！

葛先生見到我就說：「你去年收了一件郎窯紅釉梅瓶。」「您怎麼知道的？」「微信都在傳，我也看到了。」在葛先生這種殿堂級的大藏家面前，我這點微末小事，實在不足掛齒，真讓人汗顏啊！好在葛先生非常和藹可親，一再盛情邀請我到天民樓。天民樓是一定會去的，那是一個中國古瓷器寶藏，一個讓我充滿嚮往的地方，我一定會去向前輩學習的。

南方舉辦的一場北方古代黑釉瓷器展，當今瓷器界頂尖人物齊聚一起，切磋學問，可謂盛事，一時無兩，我有幸參與其中，風雲際會之間，得與結識前輩高人，聆聽真知灼見，洗滌心胸，「萬人叢中一握手，使我衣袖三年香」。這一切，竟是由入藏一隻黑釉建盞而緣起的。

知白守黑，黑釉有其獨特的美，無論是純黑的幽美，還是窯變的詭譎，黑釉瓷都以其拙而不媚、純而不虛的古典美學態度，給予人不僅以視覺的享受，更以思想的啟迪。表現出樸實無華、拙而不媚、純而不虛，是思想的深邃，更多是趣味的多變。

北宋初期的黑釉瓷追求的是純黑如漆的審美，到北宋晚期，黑瓷卻搖身一變，既追求純黑釉的幽美，又追求多變的外觀華麗，於是有了多重的裝飾黑釉，剔刻畫花、油滴兔毫，盡人之所能，黑釉的發展達到中國歷史上的最高峰。各式形制的

瓷器滲透到生活裡的方方面面，此風的普及使得中國歷史上追求金銀用器的風氣一去不再復返，瓷器成了皇家豪強的新歡。北宋晚期，隨著宮廷的鬥茶風氣蔚為時尚，建窯的黑釉茶盞成為鬥茶者的利器，建窯兔毫盞屬於自然窯變類，全賴天成，非人力可為，建盞因自然窯變產生不同的結晶反應，呈現不同的顏色和斑紋。每個建盞都不一樣，剛好滿足了宋人崇尚自然和天工的要求。黑釉瓷成了皇帝的寵愛，貴族跟進，士大夫響應、民間效仿，一時之間黑釉瓷盛行於餐桌茶席上。其風所至，內傳中國至今，外達東瀛。

流傳至今的建盞，其簡單平凡而明麗華貴的工藝效果，給人以古樸而超俗的感覺，以及平和而深邃、簡潔而柔美的靈感，讓人浮想聯翩、回味無窮。

這隻建盞，對我來說，既是藏品，又是用品，古為今用，當年皇家用建盞「鷓鴣斑中吸春露」，如今我用這隻意蘊雋永的宋代舊茶盞呼朋品茗、引友烹茶，自然別有一股濃厚古樸的文化氣息和生活樂趣。生活品味，盡在杯盞之中。

藏品名稱：進琖款建窯褐斑兔毫盞
年代：宋代
款識：進琖
尺寸：12.7 厘米
來源：2015 年 9 月 16 日紐約蘇富比「重要的中國藝術品」拍賣會　編號：263
展覽：2018 年 7 月至 8 月廣州廣東省博物館「五色祥雲——自得堂藏宋元明清單色釉瓷器」

責任編輯 Kaylaloo

書籍設計 Kaceyellow

書名 香江藏富

著者 馮瑋瑜

出版

三聯書店（香港）有限公司

香港北角英皇道 499 號北角工業大廈 20 樓

Joint Publishing (H.K.) Co., Ltd.

20/F., North Point Industrial Building,

499 King's Road, North Point, Hong Kong

香港發行

香港聯合書刊物流有限公司

香港新界荃灣德士古道 220-248 號 16 樓

版次

2023 年 7 月香港第一版第一次印刷

規格

16 開（170mm x 230 mm）224 面

國際書號

ISBN 978-962-04-5269-7

三聯書店
http://jointpublishing.com

JPBooks.Plus
http://jpbooks.plus